CB072903

Não encontrei o passado, tenho que voltar

José Carlos Mello

Não encontrei o passado, tenho que voltar

José Carlos Mello

OCT✦AVO

2019

Não encontrei o passado, tenho que voltar
© 2019 José Carlos Mello
© 2019 desta edição, Editora Octavo

Editor
Isildo de Paula Souza

Imagem da capa
Pere Borrell del Caso (1835-1910), Escaping Criticism (Huyendo de la crítica), 1874, Oil on Canvas.

Capa
Casa de Ideias

Revisão
Patrícia Weiss
Raul Flores

Projeto gráfico
Casa de Ideias

Dados Internacionais de Catalogação na Publicação (CIP)
(Câmara Brasileira do Livro, SP, Brasil)

Mello, José Carlos
    Não encontrei o passado, tenho que voltar / José Carlos Mello. -- São Paulo : Octavo, 2019.

    ISBN: 978-85-63739-60-5

    1. Ficção brasileira I. Título.

19-27926   CDD-869.3

Índices para catálogo sistemático:

1. Ficção : Literatura brasileira B869.3

Maria Paula C. Riyuzo - Bibliotecária - CRB-8/7639

Grafia atualizada conforme o Novo Acordo Ortográfico da Língua Portuguesa

Esta é uma obra de ficção, qualquer semelhança como nomes, datas, pessoas, fatos e situações reais terá sido mera coincidência.

[2019]
Todos os direitos desta edição reservados à:
EDITORA OCTAVO Ltda.
editora@octavo.com.br
www.octavo.com.br

"A vida só pode ser compreendida olhando-se para trás; mas só pode ser vivida olhando-se para frente."
Søren Kierkegaard

1
HOTEL VERSAILLES

Numa manhã agradável, fazendo minha caminhada diária, encontrei um amigo do tempo de infância. Não nos víamos há muitos anos; fiquei surpreso ele ter me reconhecido.

Precisei de mais tempo para lembrar quem era. Só recordei após encontrar na memória das coisas antigas, indicações do nosso passado. Lembrei que fora assassinado há alguns anos.

Cordial, caminhou em minha direção e agradeceu eu ter ido ao seu enterro.

Lembrei seu nome, Pedro C., e que fora presidente do fã-clube local de uma notável cantora do rádio lá pelos anos 1950.

— Você sabe que seu irmão, Adamastor, voltou à cidade? Mora num hotel na rua da Conceição, perto da igreja.

Tomado de surpresa com o que ouvi não disse nada. A notícia me deixou inquieto.

Continuando a prosa, descreveu o hotel e relembrou coisas do passado, como ocorre em encontros de pessoas velhas.

Só ele falava, e muito, eu ouvia alternando atenção com o espanto de estar escutando um morto.

Deu detalhada descrição da vida de meu irmão, do lugar onde ele vivia, das pessoas que o cercavam, do que comia e até de uma estranha obsessão que o atormentava: encontrar seu passado.

Achei estranho. O passado nos acompanha, não nos abandona nem quando dormimos.

Pelo dito, Adamastor, de algum modo, perdeu o seu passado. Sim, foi o que eu ouvi, caso contrário Pedro C. teria falado: "Seu irmão esqueceu o passado."

Não chega ser absurdo ele pensar desse modo. Pelo que li em algum momento, os jornais não passavam muito tempo sem trazer alguma notícia a seu respeito, Adamastor estava perdendo o contato com a realidade. Era isso que meu interlocutor queria dizer. Não havia por que perder tempo com esse assunto.

Conversamos por uma hora, de repente, sem se despedir, Pedro C. sumiu.

Assombrado com a notícia, não com o fantasma, como deveria ser, retornei à minha casa, na parte que nunca foi nobre da mesma rua das minhas caminhadas.

No dia seguinte, curioso, com cautela, fiz uma jornada de prospecção em busca do hotel onde viveria meu irmão mais velho. Fiquei curioso, quis conhecer o lugar indicado pela assombração. Depois decidiria o que fazer.

Não foi difícil identificá-lo. Descendo a rua citada por Pedro C., a partir da avenida Independência, atrás da igreja, logo vi a placa: Hotel Versailles.

Andei mais um pouco, não encontrei indicação de haver outro hotel nas imediações. O que vi correspondia à descrição ouvida de quem não mais deveria falar.

Naquele prédio antigo, com aparência de abandono, separado da rua por um pequeno jardim descuidado, um muro sem cor e um portão enferrujado, deveria se abrigar meu irmão.

Poderia ter batido na porta, satisfeito minha curiosidade e ido embora. Medos, receios, seja lá o que fosse, recomendaram prudência. Continuei curioso. Adamastor vivia ou não naquele casarão?

A longa caminhada de volta, maior que meu passeio diário, e o impacto emocional em saber que ali, naquele hotel, poderia estar meu irmão, me deixaram exausto. Temi não conseguir chegar em casa, cair durante a jornada e morrer na rua.

Sim, era isso que a aparição queria que acontecesse ao me dar a notícia do retorno de Adamastor, praticar vingança por algo que fiz ou disse em tempos antigos, me enlouquecer e me arrastar para onde ela estava.

Não posso dizer como consegui chegar onde morava, sei apenas que cheguei.

Entrei no meu apartamento, no segundo andar de um prédio antigo; o herdei de um tio que morreu com câncer na bexiga.

Abri a janela da sala, debrucei no parapeito e fiquei olhando minha paisagem: quartéis, barracões de madeira, um ao lado do outro, mais além o porto; e assim passei o resto do dia.

Quando escureceu desci para tomar uma sopa, no mesmo lugar onde fazia minhas refeições há quarenta anos, um restaurante ao lado de meu prédio.

Comi em silêncio. Continuava com as mesmas dúvidas: "Quando irei ver o Adamastor?" "Recebi uma boa ou má notícia?" "Devo ir?" "De que maneira me receberá? Não nos falamos há trinta anos." "Como Pedro C. conhece tão bem o que me contou?" "Como o passado de alguém desaparece sem deixar vestígio?"

Bastaria ter batido à porta do hotel e falado com quem atendesse. Esclareceria tudo e recobraria a monotonia tranquila de minha vida. Não fiz com medo de receber notícias que não queria receber.

Passei a pensar que tudo aquilo era produto de minha mente; não vi fantasma algum.

Pedro C. está morto. Fui ao seu enterro, os jornais falaram do crime bárbaro que vitimou um homem que diziam viver na devassidão.

Não havia por que me preocupar. Adamastor não estava na cidade. Eu não precisaria quebrar minha rotina, mudar meus hábitos por causa da vingança do visitante maligno, vindo das trevas portando maus agouros.

Mesmo esperando me acomodar a essa reflexão, continuei curioso. Pedro C. estaria no inferno de onde saíra para me trazer notícia que sabia ser inquietante?

Teria eu conversado com um morto ou, simplesmente, amenizado minha solidão com um amigo imaginário?

Por mais que eu quisesse me convencer que a notícia inquietante que recebi era uma fantasia, fora produzida por mim mesmo, e com isso retomar à calma, não conseguia. O pensamento se tornou obsessivo. Tinha que resolver logo essa questão. Decidi retornar ao hotel e satisfazer minhas curiosidades.

Dormi pensando no que faria amanhã. Tomaria o café no restaurante, sairia a caminhar como se tivesse fazendo meu passeio diário. Não retornaria da rua doutor Flores conforme minha rotina. Seguiria em frente e, de repente, estaria na frente do hotel.

Cheguei ao Versailles. Parei na frente do portão. Estava aberto. Não entrei, não bati na porta. Voltei para casa.
Não era isso que o fantasma queria. Tive maus presságios.
Retornei com a sensação de ter cometido um erro. Não abri a janela, nem acendi a luz; a penumbra combinava com meus sentimentos. Passei o dia em casa. Sem apetite, sequer saí para comer alguma coisa.
À noite dormi mal. Sonhos inquietantes se entrelaçavam, um entrava no outro, formavam imagens aterrorizantes.
Pedro C. dominou minha noite. Não parecia ser um sonho. O que eu via era real. Ele estava em pé, ao lado de minha cama, contorcendo os olhos e a boca, não sei se ria ou emitia gritos de intenso sofrimento. Fazia o possível para eu enlouquecer.
Acordei suado, sem fôlego. Evitei adormecer. Fiquei na cama até o sol aparecer. Levantei-me cansado. Fui ao restaurante para tomar o café da manhã. Enquanto bebia o café preto e comia um pãozinho francês com manteiga, o garçom puxou assunto: "Professor, dormiu mal, parece que viu um fantasma."
Não conseguia parar de pensar nos últimos acontecimentos, era como se eu permanecesse preso a eles.
Decidi conhecer melhor o lugar que talvez abrigue meu irmão. Não voltaria sem notícias. Pedro C. não mentiu, me falou a verdade. Refiz a cansativa caminhada do dia anterior.
Parei na frente do portão de ferro, empurrei e cheguei à porta do hotel. Não bati, só faria quando tivesse passado a ansiedade que ainda sentia.

A parte externa do prédio deve ter sido pintada pela última vez há muitos anos, bastante descascada expõe pedaços de reboco.

Com o tempo, a rua, uma ladeira sem maiores encantos, piorou. A calçada do lado oposto ao hotel foi eliminada, a que restou de seu lado é estreita e esburacada, sob todos os aspectos impõe dificuldades às pessoas que passam por ali.

Com estas e mais algumas outras providências foi aberto espaço para construir dois viadutos, que entram e saem de um túnel.

O Hotel Versailles, bem no meio da ladeira, permanece como um bastião resistente ao progresso.

O jardim da entrada é malcuidado, fica separado da rua por um gradil de ferro com pintura gasta; difícil identificar sua cor. O portão, do mesmo material da grade, dá acesso a um caminho de pedras de arenito rosa, por ele se chega a uma escada com quatro degraus de mármore branco, gastos e encardidos, e à bonita porta de madeira trabalhada que, ao contrário dos outros elementos, parece bem cuidada.

Se Pedro C. não tivesse sido tão ameaçador na noite anterior, eu voltaria para minha casa sem entrar naquele lugar, que não parece servir de abrigo a meu irmão, ou qualquer outro que não imponha medo aos visitantes. Pode ser um valhacouto de malfeitores ou de fantasmas.

A placa indicativa de ali ser um hotel exagera. Parece mais uma pensão. Eu não precisaria entrar para saber como é seu interior e o que nele se passa.

Conforme a descrição que recebi de Pedro C., o lugar tem alguns quartos, dois banheiros, e, logo à entrada, um enorme salão dividido em dois ambientes: sala de estar e refeitório.

A sala de estar, à direita de quem entra, é coberta por um tapete oriental bastante gasto; sobre ele estão um sofá, duas poltronas e uma televisão modelo antigo, com uma enorme caixa atrás da tela.

No outro ambiente fica o refeitório com um balcão e três mesas redondas cobertas por toalhas de plástico floreado, limpas com álcool antes das refeições para afastar moscas.

A partir da porta principal, dividindo os dois espaços, começa uma passadeira de linóleo floreado, que prossegue pela ala dos quartos, passando pelos banheiros, por um pequeno depósito, atravessando a cozinha e terminando no alpendre.

A sala de estar tem uma lareira. Segundo Pedro C. só foi utilizada uma vez. Num dia especialmente frio, após o jantar, alguém sugeriu acendê-la. A proprietária concordou.

— Acho que a última vez que a acendi foi há uns vinte anos. Vamos tentar. Maria, traga lenha e jornal.

A empregada trouxe alguns pedaços de madeira, úmidos, guardados no porão desde que o fogão a gás foi instalado, empilhou, colocou jornais velhos entre eles e pôs fogo.

Às primeiras labaredas despencou da chaminé uma poeira negra, seguida de um enorme ninho de pássaro coberto por teias de aranha, espalhando picumã por toda a sala. Um dos hóspedes disse ser de cegonha. Todos correram, restou apenas Maria para providenciar a limpeza. Há décadas que não mais havia limpadores de chaminé, embora, pela idade, todos os hóspedes lembrassem deles.

Foi limpa e pintada com cor vermelha, distinta da sala, parecia não mais fazer parte dela. A partir do trágico episódio nunca mais foi usada.

A cozinha, os quartos e os banheiros tinham cores fortes. A sala de estar e a de refeições estavam com as paredes desbotadas, pareciam ter sido amarelas ou, quem sabe, laranja-claro.

O quarto da proprietária é roxo, a cor da roupa dos santos na Quaresma.

A casa fica sobre um porão mal ventilado, com pé-direito de um metro e meio, usado para guardar coisas inservíveis cujo destino mais adequado seria o lixo. Salvo esse questionável uso pode-se afirmar que é um espaço inútil.

Quando uma barata percorre o salão de refeições, a dona, escandalizada, grita:

— Uma barata, que horror! Mantenho tudo limpo e elas aparecem. Não sei de onde veem.

Esquece que o porão faz parte da casa e que poucos animais são tão ágeis quanto as baratas.

Adamastor tem um quarto só seu, mais amplo e caro que os demais, mas dentro de suas possibilidades. Além dele só a dona do lugar goza desse espaçoso conforto.

O dela é decorado com várias fotografias em preto e branco espalhas pelas paredes, provavelmente parentes, e uma colorizada, uma menina lourinha na companhia de um casal de velhos, um rapaz alto e forte e uma moça estranha e gorda, um pouco distante dos outros, como se não a quisessem na foto.

Acima da cabeceira da cama, pregado à parede, um enorme crucifixo de prata protege o ambiente. Sobre a penteadeira, um vaso de louça pintado com cena campestre acolhe uma dúzia de rosas vermelhas de plástico, ou de papel crepom, Pedro C. não soube dizer.

O único casal hospedado ocupa um dormitório igual ao dos demais residentes, com duas camas de solteiro e desprovido de decoração; os outros quartos abrigam seis homens velhos, quatro com males na próstata que os obrigam a levantar pela madrugada para ir ao banheiro, pouco usado para banhos, mesmo no verão.

O prédio, lateralmente, ocupa quase todo o terreno. Quando as janelas são abertas por pouco não arranham os muros vizinhos. A vista dos moradores se restringe às paredes úmidas e desbotadas a pouco mais de um metro de seus olhos.

Apesar do escasso conforto, Adamastor se incomoda apenas com o cheiro que vem da cozinha, mesmo estando distante dela. Ele o acompanha, participa até de seus pesadelos. Certa feita, aos berros, acordou durante a madrugada. Os que socorreram encontraram-no acocorado, trêmulo, encolhido num canto junto à mesinha de cabeceira, a única iluminação vinha do corredor e entrava pela porta aberta, gritando: "Tirem essa galinha daqui."

Acalmado, se deitou e dormiu. No café da manhã, disse ter sido atacado por uma galinha enorme, maior que um peru, depenada e molhada vindo da cozinha.

A proprietária veio a seu socorro:

— Maria, à noite, tranque a porta da cozinha, só a da cozinha. Não precisa mais ter medo doutor Adamastor.

Ethelka, a dona do lugar, tem sempre uma palavra ou providência para o bem-estar de seus hóspedes, convidados, como ela fala.

As portas ficam abertas dia e noite, exceto a da frente e a do alpendre, um cuidado para não se repetir o que se passou há quinze anos.

Ethelka, então jovem e inexperiente, trancou a porta do alpendre e deixou do lado de fora um hóspede. O pobre homem morreu de frio. Na manhã seguinte, bem cedo, abriu a porta e o encontrou morto. Chamou a polícia, disse que a porta estava destrancada e o coitado não soube abri-la. O caso foi encerrado, mas nunca saiu de sua memória.

Dentre as obrigações da proprietária estão: cobrar aluguéis, ficar atenta ao bem-estar dos hóspedes, conhecia suas dificuldades, dar ordens à arrumadeira e à auxiliar da cozinha, e cozinhar, o que faz com satisfação.

Dona, gerente, cozinheira e protetora, a senhora robusta, nem alta nem baixa, uns cinquenta anos, com cabelos e pele sempre besuntados pelo vapor da cozinha, sai-se bem no que dela é esperado. O cabelo embranquecido exibe alguns fios louros. Orgulha-se do "trivial variado" servido aos hóspedes.

No almoço e no jantar oferece sopa. Alguns hóspedes têm dificuldade em mastigar. Raramente têm indisposições intestinais: "De quando em vez uma diarreia ou uma prisão de ventre, nada grave."

Considera sua comida a última na cidade a ser cozida, assada ou frita com banha de porco. Queixa-se que o produto escasseia nos armazéns, substituído por insossos óleos vegetais.

A enérgica senhora dá tranquilidade aos velhos que ali vivem. Eles sentem que estarão protegidos nos maus momentos.

Nas reuniões em frente à lareira gosta de falar de melhoramentos que com o tempo pretende fazer. O que mais a entusiasma é o bar que instalará em um canto do restaurante, terá um balcão de mogno com gnomos esculpidos nas laterais, três cadeiras altas forradas de couro à sua frente e, junto à parede, um armário, da mesma madeira do balcão, envidraçado, com as mais finas bebidas. A sugestão de um hóspede para pôr um biombo separando o restaurante do bar da sala de estar foi bem recebida.

— Com o tempo colocarei uma eletrola moderna. Poderemos dançar.

A fala entusiasmada não encontra ressonância na plateia, mas isso não importa; vira e mexe ela volta ao seu sonho, todos devem ter um, esse é o dela.

Fiquei um bom tempo parado no portão olhando para o casarão com ar de abandono.

Prédios como aquele são os preferidos pelas assombrações. A minha deveria viver naquele lugar.

Sussurrei: "Pedro C., estas me vendo?" — Não tive resposta.

Estaria ele ali? Veio sozinho ou acompanhado de outros como ele? Fantasmas podem morar onde bem entenderem. Considerei a hipótese de Pedro C. viver, se é que o termo se aplica aos mortos, naquele lugar pouco convidativo aos vivos. Na sepultura restam seus ossos, seu espírito é livre, vaga de um lugar para outro. A riqueza de detalhes que me passou, incluindo o que os hóspedes fazem e conversam, afastou dúvidas e me deu a certeza que é no Versailles que ele mora ou, pelo menos, fica algum tempo.

Não restava mais dúvida, Adamastor estava ali, há poucos passos de mim. Bastava bater na porta e pedir para falar com ele, mas não foi o que fiz, dei meia-volta e retornei a meu abrigo.

Adamastor passou muitos anos sem aparecer na cidade onde nasceu, Porto Alegre. Sabia-se dele pela imprensa. Algumas notícias eram boas: "Homenageado na Academia Francesa de Ciências em Paris pelos avanços promovidos na detecção de materiais radiativos." "Brasileiro cotado para o Nobel de Física." Outras nem tanto: "Empresário é suspeito de ter assassinado a secretária." "Cientista baixa o cacete em açougueiro que roubou no peso."

Antes de conversar com Pedro C. tinha muita vontade de encontrá-lo. Perguntar como estava, se eu poderia ser útil. Falar dos velhos tempos traria lembranças. Para isso, teria primeiro que saber onde ele estava, depois ir ao seu encontro.

Viajar para mim seria penoso, só saí de nossa cidade uma vez e ele vivia pelo mundo.

Na única vez que fui a outro lugar, devia ter uns dez anos, foi em uma viagem educativa com meu pai. Tomamos um ônibus na rodoviária e partirmos a desvendar o que havia além de nossa cidade.

O primeiro trecho percorrido, estrada de terra em bom estado, oferecia uma paisagem linda, arrozais a perder de vista, lagoas e extensas pastagens com gado europeu. O segundo e último trecho era de barro, parecia construído em um pântano, quase intransitável.

Na fronteira com o Uruguai descemos, a estrada prosseguia do mesmo jeito, voltamos dali mesmo, ele me falou que não havia nada que importasse além daquele ponto.

Tomei a decisão de nunca mais viajar. Ele alertou que na outra divisa, com estado vizinho, era a mesma coisa.

Não me contou que havia uma terceira fronteira, talvez para não me amedrontar, só fiquei sabendo dela em uma aula de geografia no ginásio. O professor falou mal daqueles vizinhos, disse para me precaver com eles. Reforçou minha decisão de ficar onde estava e evitar terras hostis.

A história de terra inimiga tão próxima dava medo e curiosidade. Passou pela minha cabeça que naquele terceiro território índios selvagens atacavam os invasores, como eu via nos filmes de caubóis. Só poderia me aventurar por aqueles lados na companhia de Roy Rogers, em seu cavalo Trigger comigo na garupa, e o cachorro Bullet.

"O melhor que você faz é nunca mais sair da cidade. Aqui você encontrará tudo que há em Nova York e Paris.", afirmou meu pai.

Devia saber o que dizia, há poucos meses fora aos Estados Unidos, sua única viagem ao exterior, e trouxe presentes. Ganhei um guarda-chuva enorme para o meu tamanho, que abria comprimindo um botão junto ao cabo, meu irmão recebeu uma caneta-tinteiro sem tinta aparente, com uma pontinha esférica, quando usada a tinta escondida borrava a escrita e sujava os dedos. O presente de minha mãe foi uma escova de dentes elétrica que nunca usou. Admitiu que era para matá-la, lembrou de um crime visto num filme em que a vítima fora eletrocutada usando um secador de cabelo no banheiro.

De fato, nada daquilo havia em Porto Alegre, mas valeria à pena ir tão longe para comprar aquelas novidades?

Quando visitas chegavam para ele falar da viagem, me chamava e ordenava:

— Abra o guarda-chuva.

Eu recuava alguns passos para não ferir alguém, apertava o botão, com ruído forte parecido com um estampido ele abria, espantando a parentada que vinha do interior para ouvir as novidades do Carlos.

Não viam nem a moderna escova de dentes nem a incrível caneta sem tinta, seus proprietários se negavam a participar do espetáculo.

O ponto alto da narrativa ocorria quando ele pegava uma calça bem passada, com o vinco perfeito, com força a torcia como se torce roupa molhada ou o pescoço de galinha. Numa dessas exibições, uma irmã dele gritou:

— Chega, Carlos. Pare! Vais estragar uma calça tão bonita.

Sem atender ao apelo continuou torcendo a calça. Por fim, falou:

— Fiquem atentos!

Num gesto espetacular sacudiu no ar a roupa amassada, como numa mágica ela estava com aspecto de recém passada, com o vinco perfeito:

— Distintos amigos, Tergal. Isto é a América. Demorará alguns anos para que tenhamos isto aqui.

Depois dessa aventura começou finalmente a ser respeitado por sua família.

Até falar com Pedro C. eu não poderia ir ao encontro de Adamastor, não sabia onde ele estava nem se estava vivo. Solicitado para dar conferências por todo o mundo, o último lugar onde estaria seria na nossa cidade, assim pensei.

Caminho todos os dias pela rua da Praia. Vou cedo para evitar a multidão que toma conta da rua quando o comércio abre as portas e, aos gritos, modernos arautos anunciam produtos e preços.

Há muito tempo foi a rua mais chique da cidade, tudo faliu, agora predomina o comércio popular. Saindo cedo deixo meus pensamentos livres para fazer de conta que ali é a grande joalheria, acolá a prestigiosa confeitaria, mais adiante a Livraria e Editora do Globo e assim por diante.

Pode parecer estranho, mas o que faço me dá satisfação. O vazio de gente, o silêncio, permite que minhas lembranças recriem o ambiente de antigamente, o que me dá conforto.

Essas divagações servem apenas para eu protelar o que tenho que fazer, ir ao Hotel Versailles e satisfazer minha curiosidade: Pedro C. falou a verdade ou fez uma brincadeira?

Pela terceira vez parti em direção ao hotel.

Ultrapassei o portão que dá para a rua, cheguei à porta principal e fiquei parado, administrando incertezas, custei a chamar alguém para abri-la.

Não dei conta que falava comigo mesmo há mais de uma hora. Alguém que passasse na rua poderia pensar que eu falava com a porta, ou, quem sabe, com algum fantasma. Nesse tempo ninguém entrou ou saiu do Hotel Versailles.

A única maneira de acabar com a incômoda cobrança de Pedro C. e satisfazer minha curiosidade era bater na porta, e falar com quem atendesse.

Toquei a campainha; em não mais que um minuto, a porta foi aberta. Uma senhora perguntou em tom firme, mas cordial:

— Pois não?

— Gostaria de ver o senhor Adamastor Gonçalves Beltrão. Ele está?

— Sim, raramente sai. O senhor é seu parente?

— Espere. Vou ver se já se levantou. — "Meu Deus! Pedro está certo, não queria fazer gracejo ou me enganar."

— Ele já vem. Qualquer coisa que queira, me chame. Meu nome é Ethelka. Sou proprietária, *chef de cuisine*, diretora administrativa e cultural do estabelecimento.

Fiquei em pé junto à porta olhando o salão. Enorme, penumbroso, empoeirado, sem outra decoração que uma imensa pintura a óleo retratando o palácio francês que dava nome ao hotel, o único objeto esquecido por Pedro C.. Espantado, enxerguei a lareira vermelha, impossível não ver, tal qual Pedro C. a descreveu.

Do lado de fora a temperatura estava agradável, apenas o barulho do trânsito vindo dos viadutos acima da rua incomodava. Dentro estava abafado. As duas enormes janelas cobertas de pó, fechadas, parece que há bastante tempo, são bonitas, lembram vitrais de igreja. Presumi que não são abertas para tentar isolar o ruído.

Dentro, fiquei sob dois enormes lustres de cristal tão empoeirados quanto o salão e as janelas, algumas lâmpadas estavam acesas pouco contribuíam para amenizar a penumbra que envolvia o ambiente.

No corredor, além da sala, vi se aproximando lentamente, apoiado em uma bengala, um velho, pequeno, magro, encolhido, curvado, despenteado, vindo com dificuldade em minha direção. Por segundos imaginei que não chegaria até mim, antes cairia morto.

— Archibaldo! Pensei que nunca mais nos veríamos. São trinta anos...

Nos abraçamos com emoção. Pegou minha mão e nos sentamos no sofá, perto da lareira. A conversa não engrenou. Falou de glórias passadas, dos responsáveis por seus insucessos, dos projetos que desenvolvia e por aí foi.

Não disse coisa alguma sobre quando, como e por que viera parar no Hotel Versailles, nem perguntou como o descobri. Se perguntasse, responderia: "Um fantasma amigo me disse onde encontrá-lo." Eu não mentiria e ele riria.

Descreveu como passa seu dia, mencionou que se dedica a escrever uma obra completa e inovadora, teria mil e duzentas páginas, sobre minerais atômicos.

— Será um trabalho definitivo, escreverei sobre assuntos jamais abordados, publicarei nos Estados Unidos, somente lá dão valor às minhas descobertas.

A radioatividade está em presente em nosso cotidiano, em todos os lugares — somos todos radioativos. Estabeleci como ela nos influencia e até quanto tempo viveríamos sem seus efeitos, creio que bem mais de cem anos. Preciso de mais alguns meses para concluí-lo. Sem a radioatividade poderíamos viver eternamente saudáveis, eu andaria sem essa maldita bengala.

Veja nos escritos antigos, Matusalém, 969 anos, Noé, 950, Adão, 930, na Suméria um rei governou por 28.800 anos. Os filhos de Noé viveram somente 100 anos. Acho que a radioatividade aflora a esta altura da história. Isaac, filho de Abraão, viveu apenas 60 anos, e daí em diante a expectativa de vida foi diminuindo.

— A que você atribui isto?

— A radioatividade, é claro!

Respondeu irritado, sempre se aborrece ante a ignorância alheia. Quis perguntar por que as pessoas estavam ficando mais velhas; achei melhor não.

— Ela não existia antes do dilúvio?

— Existia, estava escondida, inacessível, até que a grande inundação a expôs. Meu trabalho estabelecerá com precisão quanto tempo poderemos viver se eliminarmos a radioatividade de nossas vidas.

— Você é religioso?

— Não, nas minhas equações, como as de meu amigo Stephen Hawking, não entra Deus.

— Você é amigo dele?

— Nos conhecemos em palestra que dei em Cambridge sobre a influência da radioatividade nas decisões governamentais, invariavelmente péssimas para os governados. Mostrei com toda a clareza que apenas os mais radioativos chegam ao poder e comandam os destinos da humanidade. Governam o mundo há mais de seis mil anos. O Stephen concorda plenamente com isso; me disse que a família Windsor é extremamente radioativa. Nós estamos sempre em contato, ele me fala das novas descobertas sobre os "buracos negros", assunto pelo qual me interesso, e eu sobre minerais radioativos.

— A distribuição da radioatividade é uniforme?

— Quase, há pequenas variações de lugar para lugar, até mesmo dentro do mesmo ambiente. Aqui no Versailles ela é menor na sala da lareira e mais alta no restaurante, maior na sopa e menor nas sobremesas, mas nada que seja capaz de alterar a nossa idade, pode apenas provocar pequenos distúrbios. Quando repito a sopa tenho diarreia, por exemplo.

— Onde há mais radioatividade?

— Em todas as capitais nacionais. O país mais radioativo é o Vaticano.

— E você? Não deve ter grandes feitos a me contar, sempre se abrigou na segurança do serviço público.

— Estou aposentado como professor auxiliar, ensinei Matemática Avançada por trinta e seis anos, nunca fui promovido. Com o que ganho dá para viver. Moro no apartamento daquele nosso tio, o Arlindo. Ele morreu de câncer na bexiga.

Um pouco frustrado, vi que ele dormia apoiado no encosto do sofá com a cabeça pendendo para o lado direito, a boca voltada para o alto e aberta, não roncava, parecia ressonar, deu para ver que faltavam alguns dentes. Não sei em que ponto parou de se interessar pelo que eu contava, possivelmente no início.

Fui até o começo do corredor de onde ele saiu e, cuidando para não incomodar, falei pouco mais alto que um murmúrio:

— Dona Ethelka, estou saindo.

— Venha com mais frequência. O senhor está muito bem. Deixe seu telefone.

Ela me olhava com um jeito insinuante. Entre me receber e se despedir penteou o cabelo, se perfumou, senti o suave aroma da loção Camélia do Brasil, lavou o rosto, passou batom e colocou um avental novo. Pensei em elogiar o perfume, recuei, ela poderia considerar assédio mal-intencionado, me proibir de voltar e nunca mais eu poderia ver Adamastor.

No dia seguinte, na minha caminhada matinal pela rua da Praia não conseguia pensar em outra coisa que não fosse a conversa com Adamastor. Aquilo me perturbou.

Sua estranha teoria, o hotel, que poderia servir para rodar o próximo filme da Família Adams, a sopa radioativa, os dentes ausentes e assim por diante.

Encurtei meu passeio. Procurei entre os passantes quem me disse que ele havia retornado, queria lhe contar como tinha sido minha ida ao Hotel Versailles. Elogiar seu senso de observação e perguntar a razão vir de tão longe visitar meu irmão, que sequer conhecia.

Pedro C. desapareceu. Talvez jamais volte a vê-lo. Lastimei. Não o encontrando retornei para meu apartamento.

Nessa caminhada perdi a compostura. A ansiedade tomou conta de mim. Todo homem gordo, alto, careca, parecido com Pedro C., que andava à minha frente, eu apertava seu braço direito e o virava para mim. Não sendo quem eu queria encontrar, soltava sem pedir desculpas e partia para outro. É claro que chamava a atenção dos que passavam.

Envergonhado com o que fiz, cheguei em casa, permaneci algumas horas sentado numa cadeira de madeira, dura, desconfortável, olhando a mesma vista de ontem, antes de ontem...

Nesses momentos sentia falta de uma poltrona. Quando mudei para este lugar joguei fora a confortável poltrona do Arlindo, ela cheirava a urina. À tarde sairia para comprar uma, iria ao Bom Fim. Critiquei-me por passar tantos anos sem esse conforto.

No Hotel Versailles reencontrei parte de minha história, não sei se foi bom ou não. Adamastor era imprevisível. Fui bem recebido, o que não quer dizer que serei no próximo encontro.

Achei prudente visitar Pedro C.. Prestar-lhe uma homenagem, pedir desculpa pela minha ausência, não o via desde seu funeral, agradecer a informação que me deu e programar novos encontros. Era essencial acalmá-lo, ele devia estar com ódio de tudo e de todos; tinha razões para isso.

Foi fácil encontrar a sepultura de granito negro. Estava em bom estado apesar de não haver indicações de alguém ter andado por ali desde seu enterro.

Sem preliminares comecei a conversar com Pedro C., inicialmente em silencioso monólogo mental. Falei do meu encontro com Adamastor, depois de alguns minutos aumentei o tom e, por fim, passei a falar em voz alta. Depois de uma hora me despedi, dizendo que voltaria, tínhamos muito a recordar. Fiquei mais calmo e, acredito, que ele também.

Almocei no lugar de sempre e fui para casa. Deixei a compra da poltrona para outro dia.

Quase cochilando, tocou o telefone, ocorrência muito rara. Custei a atender, queria ouvir mais a campainha, gostava de seu som, poderia trazer uma surpresa ao meu mundo sem imprevistos.

Recentemente, há algumas semanas, sempre no mesmo dia e à mesma hora uma voz feminina, jovem, delicada, perguntava se eu tinha seguro para meus serviços funerários quando eles se fizessem necessários. Ao contrário de outros telefonemas que ofereciam alguma coisa, o dela me agitava, eu prolongava a conversa, fazia de conta que a escutava pela primeira vez.

Pedia mais detalhes apenas para ouvir sua voz: "O seguro é válido para qualquer cemitério?" "Inclui o velório?" 'Posso escolher o caixão?" "Paga o anúncio em jornais de grande circulação?" Com paciência respondia tudo, não se aborrecia quando no telefonema seguinte eu repetia as mesmas perguntas.

Ela fazia seu trabalho e eu tinha alguém para chamar de minha amada, alguém para preencher minha solidão.

Parei com os devaneios e atendi antes que a ligação caísse.

— Senhor Archibaldo, sou eu, a Ethelka. O doutor Adamastor quer vê-lo na quinta-feira, chegue às onze horas. Ao meio-dia almoçará conosco. Conhecerá toda a turma.

— Obrigado, estarei aí na hora e no dia marcados.

— Aguardarei. O traje é passeio completo.

Fiquei ansioso. Por que usar terno para visitar meu irmão? Que turma seria aquela? Por que marcar para daqui a dois dias? Prolongaria minha ansiedade, poderia adoecer e não comparecer à reunião. Pensei em ligar para antecipar um dia, amanhã. Descuidado não pedi o telefone de Ethelka.

No dia seguinte, entre o do convite e do almoço, mantive minha rotina. Fiz a caminhada, parei na banca de jornais para ler as manchetes, olhei os empregados aguardando as lojas abrirem, tomei cafezinho numa lanchonete.

A diferença desse para os outros dias era uma forte inquietação interior, que desviava minha atenção e aumentava as batidas do coração, que ficaram tão intensas que parei na banquinha de um enfermeiro. Examinei a pressão e medi a glicose. Raras vezes utilizei seus diagnósticos. A pressão estava elevada, conforme o esperado, afinal aquele momento antecedia algo inesperado, até certo ponto assustador.

Sentei-me em um banco na praça da Alfândega, fiz com discrição exercícios respiratórios recomendados em momentos como esse. Temi não chegar ao grande dia. Uma hora depois me senti em condições de prosseguir.

Em casa, me deitei. Quando me senti melhor desci e fui comer alguma coisa. Pedi, como sempre, um bife com dois ovos fritos e arroz; comi sem prazer e sem afastar de minha cabeça o convite para amanhã ir ao Hotel Versailles.

Finalmente o grande dia. Não passeei pela manhã, queria me concentrar no encontro. Minha única reunião com outras pessoas era a anual com colegas de faculdade para comemorarmos a data da nossa formatura no Instituto de Matemática. Todos compareciam, três, nenhum morrera. Era sempre um almoço no Treviso, no Mercado Público de Porto Alegre.

A formatura foi num dia vinte e cinco de dezembro em cerimônia simples, com os três formandos e o paraninfo reunidos numa salinha junto ao banheiro dos professores, uma espécie de vestiário. Nesse mesmo lugar demonstrei o teorema de Fermat.

O paraninfo foi um general aposentado que ensinava Geometria Analítica e nos introduzia no Positivismo. Um dos alunos aderiu a doutrina; não fui eu.

No encontro anual repetíamos os poucos fatos não esperados ocorridos no curso, não eram muitos. No início da reunião cada um presenteava o outro com uma gravata com as cores do Peñarol, amarelo e preto, larga como eram as gravatas na época em que iniciamos o ritual.

O acervo de cada um não aumentava, o presente recebido em um ano era o dado a outro no ano seguinte, ou seja, as gravatas apenas trocavam de mãos. Com o correr dos anos não abríamos o pacote nem agradecíamos o presente, simplesmente trocávamos os pacotes.

Tirei o terno do armário, preto, de tecido inglês, comprado para a formatura, sacudi, tirei o pó e as traças. Fiz todo o possível para afastar o cheiro de naftalina, tive pouco sucesso. Vesti a única camisa social que restava, ficou um pouco apertada, deve ter encolhido. Coloquei a gravata da formatura, estreita, de crochê, com listas finas, horizontais, vermelhas e pretas. Fui ao espelho, gostei do que vi, não dei importância ao cheiro, aos minúsculos buracos feitos pelas traças, de algumas manchas de mofo que não consegui tirar. Certamente impressionaria Ethelka e os outros, a turma.

Às dez e quarenta e cinco peguei um táxi. Não queria chegar cansado. Pela janela ia vendo a paisagem, passamos pelo porto, pela rodoviária, paramos na esquina da Conceição com a Alberto Bins.

Senti que deveria diversificar meus passeios matinais, não ficar somente indo e vindo pela rua da Praia. Faria isso a partir de amanhã. Saindo de meu edifício iria na direção oposta, a do gasômetro, ampliaria meus horizontes. Quando encontrasse alguém teria mais assuntos para conversar.

No táxi deu vontade de abrir a janela e gritar: "Vou almoçar ali, no Versailles." Poucos teriam oportunidade como essa e me invejariam.

Não importa quantos insucessos tenhamos acumulado, quanta derrotas carreguemos, quão fora de moda sejam nossas vestimentas, quão mortos estejam nossos sonhos, sempre restará um fiapo de vaidade.

Bati na porta, usei a mãozinha metálica que não notara na primeira vinda. Ethelka me recebeu com vestido longo, decotado provocante, floreado, com o cabelo loiro ("Minha cor natural."), maquiada, penteada e perfumada. Os saltos altos a deixaram mais alta do que eu, se curvou e deu beijos delicados, para não prejudicar o batom, em minhas bochechas. Achei estranho; muito íntimo para o meu gosto.

— Bem-vindo, meu querido. O doutor Adamastor te espera na sala de estar. Está muito ansioso, como todos os hóspedes. Há tempos que não temos um convidado para o almoço. Hoje servirei à francesa.

Entrei e fui para a sala de estar, onde meu irmão estava acomodado no sofá; me sentei ao seu lado.

Ele começou a falar, como se aguardasse aquele momento desde a véspera ou, quem sabe, há muito mais tempo.

— Você me perguntou se a radioatividade varia de lugar a lugar, respondi que pouco, mas varia até de hora em hora, agora, por exemplo ela está muito elevada aqui no hotel. Você sentiu alguma diferença lá fora?

Ainda, na infância aprendi não contrariá-lo.

— Sim, não onde moro, mas nas proximidades do hotel. Como que você avalia sua intensidade?

— Tive um fábrica de contadores Geiger em 1961. Lembra? Engoli sem querer a peça central de um deles, um pequeno tubo de argônio se rompeu e sua substância se alojou no meu sistema linfático e não mais saiu.

— Como ocorre com o veneno das abelhas?

— Exatamente, só que ele desaparece com o tempo, o argônio não. Uma vez radioativo sempre radioativo.

Continuou a contar suas histórias; a maioria tão ou mais extraordinária como a dele ser um medidor ambulante de radiação. Se implantasse na altura da barriga, perto do umbigo, um relógio para medir o que sentia, poderíamos saber se o que contava era verdade. Poderia ser um minúsculo medidor digital, silencioso, coberto pela camisa. Não despertaria curiosidade, ele poderia se esquivar dos pontos com radioatividade mais intensa e, ainda, prestar um serviço ao público.

"Minha senhora, por aí não. O senhor gordo está excessivamente radioativo. Afaste-se!"

Caso em algum momento houver clima, falarei sobre isso. Correrei risco, ele odeia sugestões, as considera questionamentos às suas verdades.

Faltando cinco minutos para iniciar a refeição, ao meio-dia em ponto, os hóspedes começaram a entrar, em fila, na metade oposta à sala de estar do salão. Vinham por ordem da altura dos homens, todos com paletó e gravata. A única mulher, de braço dado com um hóspede, vestia um longo rosa, sóbrio, não espalhafatoso como era o da proprietária, um pouco desbotado pelo tempo e arrastando no chão; por onde passava deixava um rastro de limpeza. Como todos os velhos, ela encolhera alguns centímetros desde o baile de formatura na escola normal, a provável razão para ter aquele vestido.

A fila parou de andar e se transformou num semicírculo em torno das mesas, onde fui apresentado a cada um. Levantavam o braço esquerdo e diziam o nome, a profissão e a idade, esse item era facultativo. Finda essa etapa, o arranjo se desfez e cada um começou a sentar na cadeira à sua frente. Ethelka agia como mestre de cerimônias.

— Não esqueçam os lugares, são os mesmos do ensaio de ontem, se alguém não lembrar consulte a anotação que dei a cada um. Na mesa A, sentaremos eu, o doutor Adamastor e o nosso ilustre convidado, o professor Archibaldo. Podem se dirigir aos seus lugares.

No centro de cada mesa havia uma rodela de cartolina branca, igual àquelas que permitem os garçons contar quantos copos de cerveja foram consumidos, com uma letra vermelha sinalizando onde cada convidado deveria se acomodar. Atrás dos pratos, numa tira de papel, em letras grandes estava escrito o nome de cada um. Não havia erro, todos saberiam onde se sentar.

Apesar do ensaio, ocorreu alguma confusão. Um ajudava o outro, cadeiras eram arrastadas com ruídos estridentes, bengalas caíam, alguns foram para lugares errados.

Foi um momento embaraçoso, todos consultavam uns papeizinhos, liam com dificuldade, alguns esqueceram os óculos, outros não lembravam onde colocaram o papel.

Dona Rosa Flor começou a chorar, a comoção foi geral, a proprietária levantou e foi a seu socorro:

— Querida não chore, é um dia tão feliz.

— Estou longe do meu Ulisses, isto nunca aconteceu em nossos sessenta anos de casamento.

— Vamos resolver isso.

Uma simples troca de lugares acalmou dona Rosa Flor.

Procurando demonstrar calma, mas nervosa, as coisas estavam saindo de controle, Ethelka gritou para mim: "Leve o doutor Adamastor para a mesa indicada, com a letra A. Meu lugar é no meio, entre vocês dois. Já vou." Não foi difícil visualizar a letra escarlate sobre uma das mesas.

Percebi a inquietação geral, apenas Adamastor permanecia imperturbável. Sempre se ocupou mais de si que dos outros. Momentos de fortes emoções são sempre perigosos para pessoas idosas, mas não para ele.

Por uma bobagem qualquer, esquecer o lembrete em algum lugar, ter feito outro uso dele no banheiro, não conseguir enxergar a letra indicativa da mesa, aqueles velhos rodopiavam, tropeçavam, debruçavam sobre as mesas buscando alguma indicação, um pediu repetidas vezes socorro, outro se aborreceu e ensaiou retornar ao quarto.

Para quem não estava diretamente envolvido na questão podia parecer algo banal, mas não era para Ethelka, nem para os ruins de memória ou de visão, até mesmo para aqueles que já estavam em pé atrás de sua cadeira, aguardando uma voz de comando para sentar-se.

Sem experiência anterior, era o primeiro banquete que organizava no Versailles, mas com o conhecimento teórico e a energia necessária, Ethelka, mesmo nervosa, foi pouco a pouco assumindo o controle da situação, tudo se acalmou e foi dado o início do almoço.

Passados dez minutos todos estavam acomodados. Ethelka, preparando-se para fazer uma breve apresentação, perguntou meu nome completo e o que eu fazia. Ficou espantada, sorriu e disse:

— Que coisa maravilhosa, vocês são irmãos!

Confirmei.

Dirigindo-se à plateia, pediu silêncio:

— Hoje é um dia ímpar para nosso hotel, estamos recebendo o professor Archibaldo Gonçalves Beltrão. É uma imensa honra ter entre nós o único professor auxiliar aposentado de nossa universidade, onde lecionou por trinta e seis anos. Em nome de todos, agradeço ao senhor por atender o nosso convite.

Um grito de surpresa e ao mesmo tempo de susto ocupou os ouvidos dos presentes, veio de dona Rosa Flor, que, na sequência de uma exclamação que revelava pânico, falou visivelmente nervosa:

— Archibaldo! Archibaldo! Quero ir para meu quarto.

Arrastou a cadeira, fez menção de sair. Pela afobação seria melhor dizer: fugir. Ulisses segurou sua mão, beijou seu rosto, ela se acalmou. Passou todo o almoço olhando para mim.

Alguma má lembrança despertou para aborrecê-la e deixar nossa anfitriã incomodada, afinal era a segunda vez que aquela senhora simpática quebrava o protocolo.

— Maria, acione a eletrola com o disco da Piaf. Só aperte o botão, já dei corda. Dê início ao serviço. Queridos, comeremos à francesa.

Apesar do arranhado do disco, o que escutávamos era agradável e nostálgico.

Cada mesa estava coberta com uma toalha branca de cambraia de linho tendo sobre ela pratos, pequenos saleiros, talheres e guardanapos de pano bem passados. No meio das mesas, junto ao número, um cálice de cristal dava abrigo à uma rosa vermelha.

— Professor, não coloquei pimenta nem na mesa nem nas iguarias, todos os hóspedes têm hemorroidas. Caso o senhor queira pedirei à Maria para trazer. O senhor sofre desse mal?

— Não, não sofro, mas obrigado.

Maria, bonita, mulata, alta, uns trinta anos, entrou com uma enorme sopeira de louça. Vinha acompanhada de uma ajudante trazendo a colher apropriada, ambas com aventais brancos impecáveis.

Iniciando pela mesa A, e por mim, a sopa começou a ser servida. Adamastor recusou, lembrei seu alerta sobre a maior radioatividade desse prato e o possível incômodo desdobramento. Procurando ser discreto ele balançava as mãos e fazia contorções faciais. Tentava me lembrar para não a tomar. Impossível atendê-lo, já havia ingerido duas colheres.

A anfitriã, presidindo o evento, alertou:

— Por favor, não esqueçam o ensaio de ontem, os talheres serão usados de fora para dentro, iniciando pela colher grande e terminando pela pequeninha. Levantem o primeiro talher, agora o último. Muito bem. Parabéns.

O embaixador Asdrúbal, aposentado, empobrecido com inúmeros casamentos e separações, considerou o aviso ofensivo pela omissão de sua colaboração no arranjo das mesas. Quis se retirar. Acalmou-se quando Ethelka, pedindo desculpas, lembrou a todos sua preciosa colaboração.

— Qualquer um sabe disso, principalmente eu. Fui chefe de cerimonial em governos estaduais e municipais.

— E esse para que serve? — Perguntou o professor Godofredo.

Com olhar de desprezo, o diplomata apressou-se:

— Para peixe, professor.

— Não como peixe há muito tempo, que bom, comerei hoje.

— Com cuidado professor, lembre o que falei sobre o perigo das espinhas. — alertou Ethelka.

— Muito saborosa a sopa, a receita é sua? — perguntei.

— Sim, coloco muita verdura, principalmente feijão, nabo e beterraba, misturo com caldo forte de músculo de boi, por fim ponho maisena, fica com muita *sustância*. Vais observar que muitos não têm dentes, em alguns a dentadura está solta, mastigam com dificuldade. Ouça, estão chupando o caldo. Sirvo no almoço e no jantar, ninguém sai da mesa com fome. Feliz é o doutor Adamastor, só faltam dois caninos, ele come a carne sem qualquer dificuldade.

Embora ninguém falasse, não havia silêncio. O som da deglutição, ritmado, acompanhando o subir e descer das colheres não era desagradável. Os agudos, produzidos pelos que bebiam mais rápido, e os graves, pelos mais lentos, estranhamente se alternavam, parecia um coro bem ensaiado.

O tempo em que almoçavam juntos possibilitou chegarem àquele acompanhamento melodioso. Tentei segui-los procurando não destoar do conjunto, aproveitei um *staccato* e entrei entre os agudos, não por talento musical, mas para terminar rapidamente aquele prato que indispunha seus comensais a distúrbios intestinais.

Apenas Adamastor não participava do coral, Ethelka me acompanhou entre os agudos.

Terminada a entrada, os pratos de sopa e os rasos que lhes deram suporte foram retirados. Um senhor muito idoso, com algumas medalhas no paletó, segurou seu prato com as duas mãos impedindo a copeira auxiliar retirá-lo. Irritado reclamou:

— Tiraram meu prato raso, quero comer mais!

— Calma coronel, vem mais. Hoje é à francesa.

As duas copeiras retornaram, cada uma com dois pratos pequenos, apropriados às sobremesas, um em cada mão. Traziam uma porção de pasta de salmão em forma de morrinho com no topo um ramo de salsa bem verde envolvendo uma azeitona. Todos comeram. A mastigação foi facilitada pela consistência da iguaria.

Maria e sua auxiliar tiraram os pratos da salada e serviram suco de maracujá concentrado.

— Quero mais! Quero mais!

— Maria, traga o calmante do coronel. Rápido.

Ela tinha razão, não controlada a ansiedade de um, todos poderiam ficar agitados, e o elegante almoço degeneraria em tumulto incontrolável.

— O próximo prato é uma surpresa: *ratatouille* segundo receita de minha avó, além dos legumes coloco carne moída.

Cansados e demonstrando irritação, o almoço normal durava dez minutos e este já passava de meia hora. Percebendo o descuido com a duração, Ethelka mandou Maria servir o mais rápido possível as mesas B e C, trazer ao mesmo tempo o prato francês e a sobremesa, *sorbet* de morango com calda de chocolate quente.

Assim foi feito, comeram o prato salgado e partiram para o doce, que servido em hora inadequada derreteu. Cada um pegou seu prato de sobremesa, levou à boca e sorveu o delicioso caldo.

Maria se aproximou de Ethelka e contou ao pé do ouvido que o "seu" Fortini tinha se urinado e a dona Rosa Flor não controlava os gases.

— Queridos, podem sestear. Obrigado a todos. O professor Archibaldo agradece a companhia de vocês. É justo lembrar que a arrumação das mesas foi obra do embaixador Asdrúbal e a fila por ordem de altura foi ideia do coronel Rocha.

— Maria, o prato com queijos e o licor de pitanga traga apenas para a mesa A.

Esses contratempos deixaram arrasada a pessoa que dedicou dois dias preparando aquele evento, muito mais que um almoço. Nada poderia dar errado, mas deu, o convidado foi exposto a cenas deploráveis.

Na eletrola o disco continuava a girar, sem a agulha mudar para outra faixa, acho que apenas eu escutava a repetição da voz que de agradável passou a irritante, e assim continuará até acabar a corda.

Pessoas chupando grosseiramente e não degustando elegantemente a requintada sobremesa, a senhora do vestido sóbrio expelindo de modo escandaloso ruidosa flatulência, o antigo político se apropriando à vista de todos do fino guardanapo de cambraia de linho e de uma colher de inox, que ficava no faqueiro só usado em ocasiões especiais. A providência adotada foi a mais correta possível: antecipar o fim da refeição e mandá-los dormir.

O rosto de Ethelka demonstrava desolação, como se carregasse imensa culpa. Com voz embargada, quase chorando me disse:

— Professor, me perdoe, eles são muito velhos.

A acalmei com doses exageradas de elogios e compreensão, criando condições para prosseguirmos.

Foram servidos os queijos mofados e malcheirosos, pareciam podres, continuávamos seguindo o roteiro francês. Deviam estar radioativos. Adamastor fez cara feia para eles, provou apenas um pouco do licor de pitanga. Evitei os queijos, já correra muito risco com a sopa, deveria ser cauteloso.

Terminado o almoço fomos convidados a passar para o ambiente da lareira.

— Maria, traga as taças e o champanhe Michelon que está na geladeira, não esqueça os charutos. Recebi a garrafa quando noivei, como não me casei guardei para uma ocasião como esta. Não te esqueças de recuperar o que o senhor Dimas levou para o quarto: um guardanapo de cambraia e uma colher de sobremesa.

Ele sempre surrupia alguma coisa, é um hábito arraigado, foi político, suplente de vereador por vinte e quatros anos aqui na capital.

Somente eu e ela bebemos da garrafa histórica, que abriu sem a explosão esperada, sem borbulhas e azeda. A rolha esfarelou e foi empurrada para dentro da garrafa. Escapei sem percalços da sopa radioativa, mas não escaparia do mal da bebida. Adamastor dormia como uma criança, salvo das ameaças à saúde: a sopa, os queijos e o champanhe.

— Bem, dona Ethelka tudo foi perfeito e requintado. Felizes os que se abrigam sob sua proteção. Tenho que ir, me esperam para uma reunião.

— Que pena. Volte sempre, será ótimo para o nosso Adamastor. Vou guardar o que restou do champanhe para quando vieres.

— Maria, ponha a rolha do vinagre no champanhe e o coloque na geladeira.

Nisso, com surpreendente vigor, quase um salto, Adamastor se levantou, olhou para mim e falou:

— Tenho que me preparar, amanhã receberei um jornalista do *The Washington Post*. Ele vem ao Brasil só para me entrevistar sobre o grande assunto do momento: os efeitos da radioatividade na digestão dos mamíferos e seus danosos desdobramentos para o clima. Na Rússia virou calamidade, o ar está irrespirável nas grandes cidades, as pessoas vão à Sibéria só para respirar ar puro, sem gases malcheirosos. Na África, estranhamente não ocorre o fenômeno, somente um pouco entre os quadrúpedes. O jornalista leu um artigo que publiquei em um periódico islandês sobre a sopa radioativa e a diarreia, ficou interessado e vem me conhecer. Agora corra para casa, você tomou sopa.

Quis argumentar que os russos comem muito repolho e os africanos quase não se alimentam, mas fui prudente e concordei com ele.

Voltei a pé por percurso alternativo à rua da Praia. Na primeira farmácia que passe comprei um antiácido. A sopa caiu bem, mas o champanhe...

Andava devagar para não me perder, além do mais estava exausto. Demorei mais de uma hora para chegar em casa.

Pensei na crueldade que é a velhice, na loucura de Adamastor, na bizarrice daquele almoço, no meu estômago fervendo de acidez, na dor de barriga que se avizinhava: "Seria por causa da sopa ou do champanhe avinagrado?"

Saí frustrado por não agradecer de modo apropriado a primorosa recepção. Havia preparado dez páginas, falaria um pouco sobre o teorema de Fermat, a qualidade da refeição e o carinho com que fui recebido. Se houver outra oportunidade lerei meu breve *speech*. Trarei uma lousa e farei uma rápida apresentação do curioso teorema.

Senti a estranha sensação de ter ido ao passado e voltado, como se fosse um sonho ou tivesse cruzado um portal do tempo, como se vê no cinema, quando uma imensa abertura surge do nada e as pessoas colocam um pé do outro lado, depois o outro e desaparecem de onde estavam. Reaparecem voltando de séculos à frente ou atrás com o mesmo aspecto que tinham quando partiram.

Sempre achei aquilo uma bobagem, hoje não, acho que tudo é possível. De real só o que havia do lado de fora do Hotel Versailles, quando nele entrei passei para um tempo remoto, anterior à minha infância.

Em poucos dias tinha conversado com um morto e cruzado um portal que me levou ao passado. Mesmo vidas como a minha podem viver momentos extraordinários.

O que vivenciei era muito antigo, da época de meus pais, de antes de eu nascer. O gestual da Ethelka, os móveis, o lustre, as roupas, o toca-discos, o linóleo comprido e estreito como uma fita adesiva sobre o assoalho indicando caminhos e dividindo ambientes.

Só agora me dava conta da importância daquela tira colorida. A partir dela cada um sabia para onde seguir, onde parar, onde entrar, sem ela reinaria confusão entres os que se deslocariam desprovidos de orientação.

Quantas coisas importantes encontramos em nossos caminhos e não lhes damos a devida atenção? Seria a influência negativa da radioatividade? Com sua imperfeita distribuição despreza pessoas e objetos úteis que permanecem ignorados, como ocorre com aquela passadeira com poucos milímetros de espessura. Perguntarei ao Adamastor se espessuras, larguras, alturas, cores, condições sociais influenciam, ou são influenciadas, pela radiação.

Meu irmão passa a maior parte do tempo em seu quarto, poucas vezes se aventura pelo hotel, alguns o consideram pedante, outros acham que se comporta como se comportam os gênios.

Segundo Ethelka, quando bem-disposto, talvez com baixa radiação, Adamastor se aproxima dos demais hóspedes, que ao entardecer sentam-se nas cadeiras coloniais espalhadas pelo alpendre, voltado para o quintal, que poderia ser um jardim agradável, mas não é. Tem uma única árvore que, como o capim, nasceu sem alguém plantá-la, ninguém aguarda suas frutas, flores ou sombra — cresceu e vive sem cuidados.

Os muros cinza que circundam o quintal poderiam estar cobertos por heras, bastava plantar algumas mudas e elas crescem sozinhas, ninguém se deu ao trabalho de fazê-lo.

Apenas o casal se aventura pelos fundos, como é chamado o quintal, caminham de mãos dadas, conversando, recordando tempos distantes, cheios de vida e de esperança, é agradável vê-los rindo e um beijando o rosto do outro.

Os demais têm preguiça ou receio, corre uma conversa que um antigo hóspede se aventurou por lá e encontrou uma cobra-coral que matou a pedradas. Verdade ou não, a maioria prefere não se arriscar em aventura perigosa.

Os hóspedes conversam passando o chimarrão de mão em mão, contam causos de tempos antigos, uns engraçados outros sem graça, alguns curtos outros longos, todos repletos de nostalgia.

"Seu" Fortini, velho jornalista, gosta de contar a história de um casal de açougueiros que produzia a mais saborosa linguiça da cidade. "Havia encomenda que levavam semanas a ser atendida." Faz um intervalo e retoma a narrativa. "Quando chegava um desconhecido no açougue puxavam uma alavanca atrás do balcão, o chão se abria e ele caía numa mesa, respirava clorofórmio, era desossado e virava o mais delicioso prato que poderia ser comido." Ria muito.

O professor Godofredo mostra a cartilha *Queres ler?* que adotava no primeiro ano do primário, abre o livrinho, em excelente estado, e começa a dizer em voz alta: "Vovô viu a uva." Homem letrado que optou por alfabetizar crianças.

O coronel fala de sua atuação na polícia política nos tempos da ditadura que começou em 1930. "Predemos tantos comunistas que nem sei como eles ainda estão por aí."

O mais velho dentre eles, o "camarada" Aristeu, percebe a indireta do militar, e cala-se. Na juventude passou dois anos preso e cinco anos vivendo em Moscou, de onde voltou com menos certezas que antes de ir. Com medo de ser preso, mesmo não havendo esse risco, fica calado. Gostaria de mencionar seu passado de lutas na gráfica do partido, sua arma era um mimeógrafo onde imprimia convocações às lutas que mudariam o mundo, mas não. Não falou sob tortura, não falará agora.

As histórias do embaixador Asdrúbal do Nascimento e Paranhos abrangem diferentes períodos em que serviu em países do Terceiro Mundo. Certa vez um hóspede perguntou se ele estivera na Europa. "Naturalmente". Soube-se mais tarde que de lá só conhecia os aeroportos, onde fazia conexões para os lugares miseráveis nos quais representava seu país.

Nas férias ia para a Tailândia: "As melhores mulheres do mundo." Asdrúbal passa o dia com robe de chambre de seda chinesa, possuía vários. Fala com voz empostada e sotaque francês dando ênfase aos mais irrelevantes assuntos. Diz ser neto de Sarah Bernard e dom Pedro II.

O desembargador Cícero Bocorni, aposentado por excesso de prescrições em seus processos, nunca julgava crimes cometidos por pessoas de bem. Há anos tenta a reabilitação, um ressarcimento moral, como diz. Sempre recluso raramente aparece no alpendre.

Convivem de modo respeitoso. Cordiais sem levar a intimidade além de certo limite; homens nascidos em outro século e criados com padrões do século anterior, se tratam por senhor e todos se dirigem a Adamastor, na ausência de titulação maior, como doutor Beltrão.

O doutor conta histórias de sua vida. Fala de coisas que os companheiros nem sabem existir, evita assuntos científicos, além de considerá-los secretos estão fora do alcance daquelas mentes. Sabe que nem mesmo o irmão matemático compreende suas elucubrações. Encomprida a narrativa para melhor explicar o que percebe desconhecerem.

Só se aborreceu quando, contando que o Universo estava em expansão, o marido de dona Rosa Flor esboçou um sorrisinho irônico. Calou-se e se retirou indignado.

Quem conheceu seu avô materno diz que ele fala como Baudelaire, convence qualquer um de qualquer coisa.

2
REFLEXÕES

Em casa, fechei as janelas, fui ao banheiro, fiquei mais tempo que habitual. Levei uma revista de moda que encontrei quando vim morar aqui, poderia ter que ficar ali sentado por muito tempo. O efeito maléfico da sopa, sem prazo para acontecer, não saía da minha cabeça. Passada uma hora e três leituras da revista, admiti que saíra ileso do almoço.

Fui para a cama. Sabia ser quatro horas da tarde, mas estava esgotado, achei melhor pensar no que acabei de vivenciar deitado, reduzindo o dispêndio de energia. Cobri-me dos pés à cabeça, respirei fundo e passei repassar os acontecimentos do Hotel Versailles.

O que seria esse hotel? Como eram escolhidos seus hóspedes? Quem era Ethelka? Muitas perguntas que eu mesmo teria que responder.

Quem passa pela rua, vê a placa e pensa se tratar de um hotel, conforme o entendimento universal do que é um lugar assim denominado. Imagina uma portaria, uma pequena central telefônica, um recepcionista, um rapaz para levar as malas até o quarto, um quadro para pendurar chaves, uma tabela com preços. Pensa em tudo que o Versailles não tem.

Hotéis podem ter serviços, conforto, mobiliário, atendimento variado. O uso de estrelas para classificá-los serve para orientar os que procuram um lugar para passar algumas noites, sem precisar fazer muitas perguntas.

Nada disso poderia ser encontrado no hotel da senhora Ethelka. Até o pagamento das despesas é diferenciado. Hotéis cobram as diárias por noites, presumindo que os hóspedes passarão os dias passeando, trabalhando ou indo às compras e retornando ao final da tarde. É como só a noite fosse paga e o dia dado de cortesia. No Versailles os pagamentos são mensais, como aluguéis e prestações.

O correto seria chamá-lo "pensão", mas essa denominação é incompatível com o padrão social de seus hóspedes. Ninguém imagina um embaixador, um coronel do Exército ou um Gonçalves Beltrão abrigados em uma pensão.

Os moradores, pelo que deu para observar, pouco saem à rua. Passam o dia em seus quartos ou nas áreas de uso comum, nesse caso o Versailles se aproxima de um lar para idosos ou de um hospital para tratar doenças menos graves.

Poderia ser um hotel temático para abrigar nostálgicos de tempos que se foram. Querendo ou não, Ethelka criou um estabelecimento para pessoas que não poderiam se separar de seus passados, mesmo o tendo perdido ao longo de sua jornada, como teria ocorrido com Adamastor.

Não havia sequer jornais, se houvesse estariam na sala de estar. A televisão era desligada na hora dos noticiários, cada vez mais destruidores de esperanças e equilíbrios. Tomar conhecimento do que se passa no mundo, na capital da República ou mesmo em ruas próximas, pode ser extremamente perigoso à saúde mental, ou o que dela resta naquelas pessoas.

Pensando ter me aproximado de desvendar esses enigmas, me acalmei. No decorrer das idas que pretendia fazer para conversar com Adamastor desvendaria mais segredos daquele lugar.

Fiquei na cama até anoitecer. Levantei-me, engoli dois comprimidos de leite de magnésia tentando acalmar a acidez que corroía meu estômago. O champanhe permanecia nele, não dava sinais de sair, o restante do almoço parecia ter tomado o rumo esperado. A sopa não fez mal. Voltei a deitar e dormi bem.

Meu psiquiatra, doutor Moisés Starosta, disse que eu deveria conviver com outros, socializar, para melhorar minha depressão. Socializei e acho que piorei.

O único convívio que me agrada é o da moça com voz suave que vende seguro funerário. A partir de seus telefonemas, de sua voz, foi possível imaginá-la por inteiro. Ver seus olhos azuis, o rosto meigo, o cabelo loiro, liso, comprido, acabando na altura dos ombros, magra, mas não raquítica, da minha altura, com roupas adequadas, tudo como eu gostaria que fosse.

Não perguntei seu nome, para ela poderia parecer pouco profissional e não mais me ligar, então lhe dei um nome, Luiza. Agora ela era real, estava em minha casa. Da janela olhávamos para os quartéis, eu comentava a harmonia na distribuição dos barracões pelo terreno, um depois do outro. Poderia abraçá-la, pedi-la em casamento. Quando me ocorria algo interessante, dizia:

— Luiza, passaram os filmes coloridos de Woody Allen para preto e branco. Vamos ver todos.

Não resisti e decidi convidá-la a sair. Iríamos ao cinema e depois jantaríamos num lugar aconchegante. Apaixonado, a pediria em casamento, mesmo que ela fosse bem diferente do que imaginava. Minha paixão era pela sua voz, bastava ela para sermos felizes.

No dia esperado, na hora certa, o telefone tocou, corri, atendi antes de tocar pela segunda vez.

— Oi Luiza, como vai?

— O senhor conhece o seguro... O senhor conhece o seguro...

— Alô, alô! Luiza? Luiza!

A mulher que me encheu de esperanças era uma gravação.

Foi difícil tirá-la de minha vida, frequentemente me surpreendia conversando com ela.

Ilusões permitem viver com esperança em algo melhor do que o destino nos deu como companhia.

Com dor na alma, beirando o desespero, parei de pensar na Luiza, na minha Luiza. Ao entrar em casa não mais perguntava: "Querida, você já chegou?" Não passaria por joalherias para experimentar alianças. Na padaria deixaria de pedir ao balconista: "Um *croissant* quentinho. É para minha Luiza."

Tentando não enlouquecer buscaria encontrar Pedro C.. Ele me ouviria, me entenderia, me ajudaria. Em momentos como esse somente entes que não estão mais entre nós podem nos consolar.

3
DESAFIOS

Todas as noites, com hora certa, por volta das onze horas, começava um barulho no apartamento de cima do meu.

O sapateiro polonês que ali vivia batia diariamente em seu filho, e ele gritava. O pai era um homem velho, tosco, agressivo até com seus clientes. Dizia coisas que feriam as pessoas, algumas clientes choravam, como: "Seu sapato está imprestável. Jogue fora." "Esta porcaria saiu de moda há cem anos." Desconhecia a relação de amizade que as mulheres têm com seus sapatos, ou conhecia e falava por maldade.

O filho devia ser um adolescente irritante merecedor de castigos severos. Ele ficava trancado em casa, só saía, sempre acompanhado do pai, aos domingos, quando iam à missa das oito na igreja Nossa Senhora das Dores.

Quando vi o rapaz pela primeira vez fiquei surpreso, teria uns trinta anos, era muito magro, pálido, sofrido, mas simpático. Em silêncio me olhou, pediu socorro com o olhar. Não parecia louco. O espancamento diário durava dez minutos, os gritos desesperados mais cinco, depois reinava silêncio e eu voltava a dormir.

No apartamento ao lado do meu morava uma senhora simpática, idosa, muito magra que fumava um cigarro atrás do outro, tossia muito à noite. Dava aulas de acordeão no seu apartamento, que ela chamava Conservatório Musical Santa Apolônia, conforme indicava uma plaquinha talhada em cedro presa à entrada. Por que deu nome da padroeira dos dentistas à sua escola? Pensei em perguntar, desisti, mantive a curiosidade, mas não passei por abelhudo.

Seus alunos tocavam música folclórica gaúcha, era agradável ouvi-los. Num dia ela bateu à minha porta, se apresentou e me convidou para acompanhá-la num chá, perguntou o que eu queria ouvir, falei: "Tangos". Tocou Piazzolla sublimemente.

Contou que ficou viúva logo que se casou. Tinha um filho militar que servia longe. Falou mal da nora, disse que ela não conseguia produzir netos e traía o marido. Quis saber se eu era casado. Respondi que tive uma namorada que amei profundamente, chamava-se Luiza; morreu caindo no buraco do elevador de onde morava.

Parece que ficou satisfeita com que ouviu: eu estava disponível e não havia elevador em nosso prédio.

Meus vizinhos aparentavam felicidade, cada um a seu modo, um batendo, outro apanhando e a música preenchendo com sobras a vida da viúva.

Havia mais gente morando nos outros três apartamentos: uma cafetina frequentada por gente importante. Num dia, por descuido, fui indiscreto e cumprimentei o governador do estado, ele baixou a cabeça e não respondeu. Passei a ser mais discreto. Os outros dois viviam sós, eram pouco vistos, deviam ser aposentados como eu.

Numa ocasião, tarde da noite, acordei com batidas fortes na minha porta. Abri como estava, com o casaco do pijama e a ceroula, seria mais apropriado vestir um robe de chambre, mas não tinha um.

Falando ao mesmo tempo estavam a professora de acordeão, vestindo uma camisola de algodão com bonequinhos coloridos e, de cueca com uma camisa sem mangas, o rapaz que apanhava todas as noites.

Notei vários hematomas arroxeados no pescoço e arranhões nos braços, imaginei que havia outros espalhados pelo corpo. Vieram me dizer que o sapateiro polonês morrera durante um ataque de fúria e pediam ajuda para o que vinha a seguir.

Passamos ao apartamento do morto. Estirado no chão ao lado da cama, de pés descalços, com uma touca na cabeça, vestido com uma espécie de batina preta, rota, parecia muito usada.

— O que é isso?

— Ele só dorme com isso, nem lava para não gastar.

Liguei para o pronto-socorro. Chegaram logo, examinaram, auscultaram o coração e rapidamente saíram. Não havia nada a fazer.

— Ele está morto.

Tínhamos agora a informação profissional do acontecido.

Disseram para chamarmos a polícia. Demorou um pouco a chegar, encaminharam o corpo à necropsia. Dois policiais, ali mesmo no apartamento do falecido, fizeram várias perguntas a nós três.

Perguntaram coisas como, onde estávamos na hora da morte, se tínhamos álibi, se o morto nos devia algum dinheiro e por aí seguiram.

Percebi que éramos suspeitos de assassinato. Recomendaram não viajarmos até o sair o relatório do legista. Um dos policiais foi incisivo:

— Por precaução seus nomes serão colocados na relação dos que não podem sair do país. Guardem seus passaportes.

Inexperientes nesse tipo de assunto os dois vizinhos, bastante assustados, pediram para eu assumir o comando das providências. Não me aborreci, já havia enterrado cinco familiares, exumado dois e ocupado posição de destaque no velório de Pedro C.. Sabia o que fazer.

O rapaz me chamaria ao receber qualquer ligação da delegacia de homicídios, para onde foi encaminhado o caso.

No dia seguinte, me disse que havia sido convocado a ir ao necrotério; fomos os três. Eu e o jovem vestimos terno com gravata, a senhora colocou um vestido discreto, rodeado, rodopiou e perguntou: "Estou bem?"

Achei estranha a interrogação. Não íamos a uma festa, mas entendi que para quem pouco sai de casa a ida a qualquer lugar, mesmo ao necrotério, é um evento a ser lembrado e comentado.

Entramos. Um auxiliar do legista nos levou até onde se encontrava o corpo, nu e aberto sobre uma mesa de aço inox. A nudez constrangeu o filho e encabulou a senhora, que virou o rosto. Só eu me aproximei do cadáver, os dois foram para trás de um biombo.

Nosso anfitrião, com uma espécie de fórceps, alargou o corte na altura do peito e pediu para olharmos o coração. "Enfarte fulminante." Expandiu a abertura e, sério, me mostrou os pulmões; "Me admiro que tenha vivido tanto." Balancei a cabeça em aprovação.

Antes de encerrar a visita sugeriu: "Venha ver pulmões de outros clientes." Aceitei o convite, seria descortês recusá-lo. "Já viu pulmões com esses?" "Não. São realmente assombrosos."

Não perguntou a razão de meu assombro, já que eu não tinha elementos de comparação para considerar o pulmão isso ou aquilo, melhor ou pior que outro.

Senti um alívio com o que ouvi sobre o coração do defunto, dividi a informação com meus acompanhantes:

— Morreu de enfarte. Estamos livres de suspeitas, podemos viajar.

Assinei alguns papéis e recebi o corpo. Estranho, ele agora era meu, não do filho como deveria ser. Foi melhor assim, com as providências que adotei tudo se passou rapidamente. Em três horas ele partiu para a cremação. Perguntaram quem ficaria com as cinzas. "Ninguém", respondi. O rapaz se afastou e fez de conta não ouvir a pergunta nem a resposta.

Não houve rito de encomendação. Nenhum padre da redondeza aceitou o pedido para encomendar aquela alma herética aos olhos de Deus, eles sabiam quem ele era.

Dois dias depois, o órfão me procurou em prantos:

— Meu pai me bateu todos os dias da minha vida para eu tomar jeito. Senhor Archibaldo, eu quero tomar jeito, o senhor poderia bater em mim, pelo menos dia sim dia não?

— Todos os dias? Mesmo bebê?

— Não, só a partir dos sete anos. Ele queria o meu bem.

— O que há de errado com você?

— Ele nunca falou. Imagino que tenha identificado coisas graves em meu comportamento, coisas que precisam ser corrigidas.

— E sua mãe?

— Era sua empregada, foi demitida após o parto.

Surpreso, disse que pensaria no assunto e depois voltaríamos a conversar.

Contou que o pai era padre, passou alguns anos ouvindo confissões em um ginásio católico e começou a descrer na humanidade, principalmente dos jovens, pediu para sair dali e ser capelão no presídio, a resposta do arcebispo demorou, ele não aguentou esperar, largou a Igreja e foi consertar sapatos. Simplesmente desertou, não pediu dispensa e não foi dispensado. Mesmo caído no esquecimento continuava sacerdote. Era bastante solicitado para fazer exorcismos. Prática que irritava o arcebispo. Quando pensava excomungá-lo lembrava seu sofrimento na Polônia ocupada pelos nazistas e deixava para lá.

— Tenho bastante vara de marmelo. O senhor não precisa comprar. É só pegar uma e me açoitar.

O argumento, não teríamos despesas na terapia, não me animou nem desanimou.

— Deixe-me pensar um pouco.

Fui ao Conservatório Santa Apolônia para discutir o pedido do órfão, ouvir música "crioula" e convidar minha vizinha para jantar.

A visita ao necrotério, de modo não claro, nos aproximou. Seu olhar mudou, antes me olhava com piedade, agora com respeito. Parecia excitada na minha presença.

Creio que minha atitude na sala de autópsias me tornou pessoa admirável perante ela. Não fugi de decisões, assumi responsabilidades, olhei e comentei o que me era apontado, não demonstrei desconforto ante situação incomum.

Debatida a questão de surrar nosso vizinho, sem chegarmos a uma conclusão, saímos pela rua da Praia. Lembramos prédios e cinemas que já não mais existem, percorremos a praça, ficamos surpresos com a inexistência das fontes luminosas de outrora, tão bonitas, e terminamos num restaurante chinês.

Até então eu vivia na mais absoluta solidão. Não chegava me incomodar, se bem que às vezes gostaria de ter alguém para conversar. De repente tinha um lugar para ir, o Hotel Versailles, um irmão, duas amizades femininas e um rapaz que buscava ser educado por mim.

Teria que conduzir esses tempos novos, ímpares, com cautela para não prejudicar minha saúde.

Seria essencial me inteirar do que se passava no mundo, ter assuntos para alimentar meu convívio social. Eu era absolutamente ignorante do que se passava além da minha imaginação, de meu prédio e de minhas lembranças.

Lia apenas uma revista inglesa de matemática que chegava duas vezes por ano, via, somente aos sábados, filmes no Clube de Cinema, de preferência os mudos, e ouvia exclusivamente o belo repertório clássico da rádio da universidade, músicas alternadas com informações interessantes, às vezes muito antigas. Foi através dela que soube que as ondas sonoras da explosão que originou o Universo haviam sido captadas na Inglaterra.

Quando ao acaso ouvia alguma notícia de interesse geral me animava e me perguntava: "Por que não me atualizar?"

Cheguei a pensar em pagar uma quantia mensal ao porteiro do prédio para me escutar duas ou três vezes por semana. Não precisarei mais fazer isso.

Considerando a "turma" da Ethelka, poderia ter uma enorme quantidade de ouvintes sem precisar gastar um centavo.

Antes de ter todas essas pessoas ao meu redor, ouvi dois passantes conversando sobre o fim de duelos no Uruguai. Senti uma vontade imensa de contar a outros, ser novidadeiro, e não havia ninguém para me ouvir.

Não resisti e contei ao porteiro:

— Não há mais duelos no Uruguai.

Ouviu, pensou um pouco e comentou:

— Que retrocesso.

Não tinha amigos por timidez, preguiça ou falta de assunto? Não sei. Resolvi mudar minha vida. Nunca é tarde para dar uma guinada.

Compraria uma televisão moderna, como a que vi no Conservatório Musical Santa Apolônia, assistiria seus programas, principalmente os noticiários, e poderia falar sobre diferentes assuntos, me tornaria uma pessoa interessante.

Falei dessa intenção à vizinha, que aprovou:

— Parabéns, assim não precisará colocar palha de aço na ponta da antena, e se levantar para girá-la de um lado para outro buscando a imagem.

Ela se ofereceu para ir comigo ajudar a escolher o modelo. Agradeci. Não falei que iria sozinho. Coisa dessa importância tem que ser feita com calma, sem palpites, mesmo bem-intencionados.

Considerei bom o comentário, ele reforçava o acerto da decisão. Estava se aproximando a Copa do Mundo, na última perdi uma decisão por pênaltis devido à antena.

Ia saindo quando ela disse:

— Espere. Tenho uma surpresa.

— Um bandoneon! Que maravilha!

— Não toco há muito tempo. Tocarei tangos para você.

Dava um sinal claro que desejava aumentar nossa aproximação; deveria ficar preocupado, mas não fiquei.

Saí cedo. As lojas estavam fechadas; quando abriram encontrei duas especializadas em equipamentos eletrônicos.

No meio de uma música muito alta — seria alguma técnica moderna para aumentar as vendas? — ouvi as explicações do vendedor e comprei uma igual à do Conservatório: "Entregaremos no sábado. Deve ter alguém em casa para recebê-la."

No sábado a televisão foi entregue, quis dar a antiga de presente aos entregadores. Agradeceram, riram e disseram: "Esse modelo não é mais fabricado e não tem conserto. O melhor é jogar fora. Se quiser podemos fazer isto."

Antes de sair me ensinaram com utilizar o moderno aparelho. Apertaram um botão num aparelhinho à pilha que me foi entregue, ela ligou, apertaram outro e ela desligou. Anotei tudo e me senti apto a operar o equipamento.

Liguei, apareceu um programa de auditório, animado por um homem mais velho que eu, sua cara parecia de madeira lustrada, muito maquiado, com peruca; saltitava e fazia piadas grosseiras com a plateia, só mulheres, que riam e ganhava dinheiro jogado para elas.

Devia ser gravação de algum programa antigo, mudei de canal, passei por todos. "Os bons programas e os noticiários devem ser exibidos à noite." Tinha que ser otimista, afinal gastei muito dinheiro naquilo.

Contei a boa nova à minha amiga, ela disse que eu dava os primeiros passos para ser um homem moderno.

— Você acaba de entrar no século vinte e um. Parabéns!

Sem dúvidas, o avançado equipamento preencheu vazios na minha vida, eram oito canais normais e mais uma dúzia de religiosos, com missas, prédicas e espantosas curas.

Sabia necessitar de algum tempo para me familiarizar com as programações. Meu objetivo era ver noticiários, saber o que se passa no mundo e brilhar nas visitas que farei às mulheres de minha vida.

Reconheço, ninguém mais aguenta ouvir eu falar do teorema de Fermat e do encontro de fim de ano com meus dois colegas de faculdade.

Aquela história do professor, quase cego, caindo do tablado junto ao quadro-negro era muito engraçada quando comecei a contá-la, mas agora está meio desgastada.

Tendo passado uma semana vendo televisão me sentia apto a ir à vizinha. Repleto de novidades faria sucesso. Ela havia dito para eu ir vê-la quando quisesse.

— Posso ir hoje à noite?

— Você é sempre bem-vindo. Vou convidar uma amiga.

Mal aguentei as sete horas que separavam a ida à reunião com chá e muita troca de informações.

Quando saí para o encontro, olhei para trás e disse, rindo para mim mesmo: "Caro Fermat, demorarei, tenho muito a dizer."

— Que bom conhecê-lo. A Cecília disse que você comprou uma smart TV. Parabéns, ainda terei uma.

Ansioso para expor conhecimento e fazer uma análise inteligente dos fatos, me sentei, dispensei o chá e os biscoitos. Iniciei pelos assuntos do momento no estado, no país e no mundo. Continuei falando sem parar por uma hora, dando e analisando as notícias.

As senhoras pareciam espantadas com meus conhecimentos, devem ter considerado interessante a maneira como eu apresentava e logo depois esclarecia os fatos. Acho que causei boa impressão

— Nos fale um pouco do Fermat. Como vai ele? — provocou a anfitriã, com uma ponta de ironia.

— Ficou em casa pensando em um novo teorema indemonstrável.

Ri com gosto. Acredito que as mulheres ficaram surpresas com meu riso, meu senso de humor, algo novo que teria que ser bem administrado para não cometer gafes.

Quase meia-noite, agradeci o convite e fui dormir. Estava feliz com a amplitude de meus conhecimentos. "Foi uma excelente decisão comprar a smart TV." — disse para mim mesmo.

Quando tivesse inteiro domínio do aparelho, pediria explicações sobre o que Cecília falou em escolher filmes.

Numa noite ela me convidou para vermos filmes em sua casa, aceitei o convite, me passou o controle da televisão e disse:

— Escolha um bem romântico e alegre.

Não foi difícil, aprendi rápido, apertei o botão certo, a tela abriu e apareceram centenas de possibilidades.

Cecília percebeu meu entusiasmo. Fui percorrendo as opções. Parei em *O processo* de Kafka, preto e branco, com Anthony Perkins e Orson Welles. Já o havia visto dezessete vezes e participado de inúmeros debates sobre ele. De tão entusiasmado não perguntei à Cecília se era de seu agrado, apertei outro botão e começamos a ver o filme.

Quando terminou, ela me perguntou:

— É isso que você considera romântico e divertido?

— Ótimo, não?

— É, mas da próxima vez veremos *Cantando na chuva*.

— Você me explica como ter isto na minha TV?

— Claro!

Adotei as providências por ela indicadas e no sábado a convidei para vermos um filme. Escolhi um colorido, *...E o vento levou*. Apesar da guerra tinha muito romantismo, ela gostaria.

— Foi uma noite inesquecível. No próximo sábado veremos, na minha casa, algo ainda mais alegre. Sonhe com a Vivian Leigh, eu sonharei com o Clark Gable.

Saí para o passeio matinal cumprindo o novo protocolo: conhecer novas paisagens e reavivar antigas. Parti no sentido contrário ao de sempre. Ultrapassada ligeira insegurança, senti ter condições de prosseguir sem danos à minha saúde.

Embora tivesse caminhado inúmeras vezes por ali, não lembrava de nada. A sensação de me perder era esperada, já estava a quinhentos metros distante de casa, poderia esquecer o caminho de volta, fiquei preocupado, mas segui em frente.

De repente, reconheci a casa onde no fim de minha infância, com minha mãe, visitei a família da noiva do Adamastor. Uma visita de aproximação de duas famílias que em breve se uniriam. Moça muito bonita, cabelos pretos, seios enormes, eram dois, mas pareciam mais, impossível tirar os olhos deles.

Lembrei de Rinalda, minha Rinalda. Impossível esquecê-la. Imaginei que em algum momento da visita, a noiva de meu irmão faria o que ela fazia naquele tempo distante de minha infância: tiraria a roupa. Será que em algum dia voltaríamos a nos encontrar?

Passei a visita excitado, felizmente ficamos bastante tempo. Deu para ir duas vezes ao banheiro e foi possível sair sem provocar desconforto a mim nem às senhoras.

Aguardei a vinda deles à nossa casa, teriam que retribuir nossa visita de aproximação, assim determinavam as regras sociais. Não retribuir visitas era considerado gesto hostil.

A noiva e sua mãe viriam nos visitar. Era só esperar para ver novamente aqueles magníficos peitos.

Contei aos meus amigos: "Acho que são quatro."

Bastante tempo depois soube que meu irmão lhe deu uma surra em plena rua. Seus irmãos retribuíram com uma maior. Adamastor foi parar no hospital.

Meus pais diziam aos visitantes que ele havia sido atropelado por uma carroça, pisoteado pelo cavalo e chicoteado pelo carroceiro. Foi o único modo que acharam para explica seu estado.

Segui a caminhada pela rua sem lojas, com muitas árvores, casas pequenas e bem cuidadas seguidas de um colégio, comércio modesto e alguns edifícios. Como ela corria paralela à rua da Praia me acalmei.

Na altura da Confeitaria Rocco dobrei à esquerda e retornei ao caminho seguro, a rua sem nome, só tinha apelido, nenhuma placa indicava "Rua da Praia", talvez porque não houvesse praia.

Apertei o passo, me embrenhei na multidão consciente dos riscos que corria, desviei de vendedores ambulantes, escapei de ser roubado, esbarrei em pessoas, fui ofendido, ouvi oferta de todo tipo de coisa. Só comecei a me acalmar quando enxerguei à distância os barracões do exército que via de minha janela.

O alívio que senti quando cheguei em casa deu espaço a outro pensamento, o homem que apanhava todos os dias.

Interrompendo abruptamente aquele estranho ritual, o rapaz poderia piorar, colocando sua vida em risco e, quem sabe, a de todo o prédio. Com esse problema a resolver não pensei em mais nada. Tomaria a decisão indicada pela minha consciência. Cecília já tinha dado sua opinião, correta, mas ambígua, sim e não.

O porteiro do prédio, a quem consultei, foi claro e objetivo: "Professor, esse sujeito apanhava porque merecia."

Concordei. Cheguei a pensar em levá-lo a um psicólogo, torturá-lo com cócegas nos pés ou fazer um chicotinho igual ao que vi em filmes franceses, utilizado por pais e mestres para educar filhos e alunos.

A conversa com o porteiro me convenceu não haver necessidade de inovações. Quando as surras forem reiniciadas será utilizado o processo com o qual já está acostumado, se bem, que no seu próprio julgamento, ainda não dera o resultado esperado.

Considerei atender a demanda do jovem persistente na busca de seu objetivo: sarar de mal grave só conhecido por seu pai. Pedi para ele considerar a dificuldade que teríamos para curar doença desconhecida.

Sugeri interromper o tratamento por algumas semanas e, se fosse necessário, continuaríamos após essa pausa, eu daria as varadas em suas costas.

Ele não concordava com qualquer interrupção: "Meu papai sabia o que fazia."

Por fim, decidimos reiniciar o tratamento tão logo fosse rezada a missa de sétimo dia pela alma de seu pai.

Cansado com a inútil argumentação, sentei-me na cadeira de madeira esperando passar a ansiedade. Quando as nádegas doeram, lembrei a urgência em comprar uma poltrona. Não passaria de hoje, não dava mais para adiar. Sentar-me naquela cadeira trazia desconforto progressivo.

Mais calmo, fui ao Conservatório falar sobre as surras que daria no órfão. Cecília concordou comigo. Saí rápido para comunicar minha decisão ao paciente.

Propus açoitá-lo três dias por semana. Agradeceu, mas disse que já havia acertado cinco dias com o porteiro. "Ele é mais forte que meu pai, acho que agora tomarei jeito. Aplicará o corretivo em horário que não incomode vocês. Perguntarei a todos moradores qual a melhor hora."

Aceitei bem sua decisão. O tratamento teria continuidade e poderia atingir objetivo nunca alcançado pelo padre polonês.

À tarde fui ao Bom Fim comprar a poltrona. Não lembrava o caminho, então tomei um táxi.

Encontrei o comércio que queria, móveis ainda eram vendidos em lojas de rua. Primeiro percorri duas quadras vendo o que era exibido, olhei com cuidado o que vendiam, por fim entrei na loja que me deu certeza que nela encontraria o que queria.

O vendedor começou pelas mais caras, de couro. "Quero algo mais barato." Fomos ao depósito, acendeu a luz, mostrou vários modelos. A mais em conta era uma em couro sintético, não perguntei o que era, se não fosse bom não falaria com tanta ênfase. Sentei-me e apreciei conforto que não tinha na minha cadeira de madeira.

Com energia disse ao vendedor: "Quero essa." "Para pronta-entrega só temos nessa cor, verde. Está na moda. Tem saído bastante." Concordei e obtive um desconto. "O senhor fez uma excelente compra." Prometeram entregar em dois dias.

Na saída parei para olhar a vitrine, poderia encontrar outras coisas interessantes, nisso ouvi lá dentro: "Silva, você é um grande vendedor, conseguiu vender a verde para aquele idiota. Vou lhe dar um aumento." "Obrigado, seu Jacó."

Recordei o caminho de volta, o Instituto de Matemática era ali perto. A tarde estava agradável, daria uma passada no lugar onde estudei por dez anos, lecionei mais trinta e seis e demonstrei pela primeira vez ao mundo o teorema de Fermat.

Entrei, recebi as boas-vindas do velho porteiro, fui à biblioteca e comecei a mexer na coleção *Bourbaki* de álgebra avançada, tirei um exemplar, abri, acariciei, cheirei, senti saudades. Fui interrompido por uma jovem com voz autoritária: "Não mexa em nada, isto é para alunos e professores." "Fui professor auxiliar aqui por trinta e seis anos. Estou aposentado." "Impossível ninguém passou por aqui sem ter pelo menos uma promoção." "Saia!"

Saí, me senti humilhado. Espirrei muito, não deveria ter cheirado o livro. Sem dificuldade, encontrei o caminho de volta.

Eu não tinha nem um problema cognitivo, apenas tinha medo, medo de tudo, medo de fazer o concurso para professor assistente, de apresentar ao público o teorema que demonstrei com tanta elegância para meus dois colegas, de viajar ao Uruguai ver o Peñarol jogar, de ir ao zoológico visitar os cangurus recém-chegados da Austrália.

Não sei se esse medo é devido à radioatividade, aos rigores educacionais de minha mãe, aos padres do ginásio ensinando que tudo que dá prazer é pecado, principalmente a visão proporcionada por Rinalda.

Recebi o sofá. Confortável, mais baixo que a cadeira impedia eu ver os quartéis e o porto, de certa maneira roubava minha vista, mas o conforto era tanto que compensou esse pequeno contratempo. Fique quatro horas sentado, cochilei, cansei daquilo e chamei minha vizinha para ver e sentar-se; ela aprovou:

— Boa compra, confortável, dá para ver que é legítimo couro de gado Hereford. A cor é meio estranha para uma poltrona, não tinha marrom?

— Na loja me disseram que está na moda, é a que mais sai. Quero modernizar minha vida, tenho que seguir o que está em voga.

— Você está certo. Se for renovar seu guarda-roupa quero ir com você.

Da porta, lembrou alguma coisa, ficou parada, parecia indecisa, falava ou não falava, finalmente desembuchou:

— Archibaldo, desculpe a intromissão, mas devo lhe lembrar que os homens têm uma glândula que cedo ou tarde cria problemas. Quando ela inflamou, seu Arlindo começou a urinar na belíssima poltrona de leitura com um banquinho para colocar os pés, a coitada ficou imprestável, ainda por cima era branca.

— Sei qual é. Estava aqui quando me mudei, tentei lavar, coloquei perfume, mas nada resolveu. Joguei no lixo.

Sem dizer a razão daquela observação sobre glândulas masculinas, me convidou para um recital no Conservatório Musical Santa Apolônia. Ela e uma colega tocariam valsas vienenses.

— Ouvirás o magnífico "Dueto para acordeão e bandoneon" de Johann Strauss, o neto.

Saiu rindo da brincadeira, só percebi o gracejo duas horas depois. Estranho, eu compreendia a matemática mais complexa e não entendia uma piada.

Não falei que o couro da poltrona é sintético, certamente, pelo preço, era inferior ao couro que ela mencionou.

A noite foi agradável, embora preferisse tangos elogiei a apresentação. Na última peça os dois instrumentos se alternavam, apenas no final se encontraram e assim foram até o final. Com a mão esquerda Cecília regeu o pequeno *ensemble*.

Tomamos chá de camomila com pastéis de Belém trazidos pela amiga, elogiei a apresentação e fui para minha casa.

No dia seguinte Ethelka telefonou, dizendo que o Adamastor queria falar comigo com urgência. Era uma convocação, saí logo. Na pressa tropecei num pacote deixado na minha porta. Abri, era um presente da vizinha, um enorme pacote com fraldas geriátricas e um bilhete: "Sei que você não precisa, mas quando for inevitável preserve sua belíssima poltrona verde. Com carinho, Cecília."

Desci, peguei um táxi e em quinze minutos cheguei onde me convocavam.

Ethelka estava na porta, demonstrava inquietação, pensei em algo grave que exigiria ações decisivas, como as que tomei após a morte do vizinho de cima. Entrei.

Do lado da lareira veio uma voz aflita:

— Tenho coisas importantes a lhe contar. Nos deixe sós, dona Ethelka.

— É sobre a radioatividade?

— Não. Ontem eu e Stephen trocamos mensagens durante toda a tarde. Nada animador, mas dentro do esperado. Deixe o seu e-mail com a Ethelka. Criaremos um grupo para estudar e oferecer uma solução para o problema, eu, você, o Stephen e o Bill. Ficará inteirado de coisas que nem imagina existir, e terá oportunidade de passar para a história. Você perdeu trinta anos tentando demonstrar o teorema de Fermat, quando concluiu o trabalho não mandou para a Comissão do prêmio e aquele inglês, um ano depois, ficou rico e famoso. Junte-se a nós, vamos tentar salvar o mundo, ainda há tempo. Não se isole.

— Quem é o Bill?

— Ora, não banque o ignorante.

— O problema que nos preocupa é diminuição da gravidade da Terra. Em breve nada nos puxará para baixo, flutuaremos. Primeiro as crianças e os magros, depois os gordos e por fim os obesos mórbidos, elefantes e baleias.

Subindo explodiremos no instante em que a pressão interna, a do corpo, superar a externa. A Terra ficará desabitada. Em pouco tempo tudo subirá e explodirá, até as baratas e as árvores. Precisava lhe contar isto com urgência, para você não se surpreender quando começar se elevar.

Passamos toda a noite tentando descobrir de que maneira poderemos introduzir aperfeiçoamentos aerodinâmicos, asas, por exemplo, em humanos. Não avançamos. Consideramos impossível fazer humanos voar. Paramos essa linha de pesquisa, ela é inútil, os homens voadores se chocariam em móveis, carros, locomotivas, teriam mortes horríveis.

— É pior que a radioatividade?

— Muito pior, nela o efeito é lento, o da perda da gravidade é rápido, já está acontecendo. Estou até tomando a sopa do hotel. Lixem-se os minerais atômicos, eles irão para o espaço sem precisar de foguetes. O Bill fez sapatos de chumbo para ele, sua família, o mordomo e o cachorro. Rico, genial, mas ingênuo. As minas de chumbo flutuarão deixando imensos buracos. A família dele subirá junto aos gordos.

— Se nós, os três homens mais inteligentes do planeta, não resolvermos um problema qualquer é porque ele é insolúvel.

— Os que não forem para a rua, ficarem em suas casas, como subirão?

— Aqui no Versailles, Ethelka ao perceber o que está acontecendo, trancará portas e janelas. Ficaremos presos e, depois das árvores maiores subiremos todos juntos, encostados no teto. Explodiremos dentro do hotel. Entendeu? — Vamos ao meu quarto.

Acendeu a luz e mostrou um quadro-negro cheio de equações. Não as identifiquei:

— Você que desenvolveu essas fórmulas?

— Sim, parti das equações de Newton, as inverti, o que era começo virou fim. Fui acrescentando novas variáveis, algumas incógnitas e muitas constantes para equilibrar as equações até explicar a subida dos corpos e não sua descida, como demonstrou Newton. Se revertê-las à forma original encontrará as fórmulas de Newton enriquecidas, explicando a gravidade de modo mais completo. Deixando-as ao contrário verá como é fácil entender o que lhe falei.

— Por que usou letras do alfabeto cirílico e não as gregas habituais?

— Para ninguém entender e todo esse conhecimento ficar entre nós e os outros dois, a humanidade não está preparada para ele. Fiz como Leonardo, escrevendo de trás para frente. Naturalmente você conhece o alfabeto russo.

— Por que tanto pi?

— Porque a Terra é redonda.

Não entendi, achei tudo bizarro. Estaria ficando louco? Ele ou eu?

— O que o Stephen achou?

— No começo aceitou bem, depois se aborreceu, mas não invalidou minha assertiva, considerou apenas uma teoria. Não esqueça que ele ocupa a cátedra que foi de Newton; questões corporativistas acadêmicas.

— E o Bill?

— Telefonei, não atendeu, passou a manhã toda na privada. Seattle é extremamente radioativa. O mordomo anda muito devagar, está usando os tais dos sapatos, assim que encontrá-lo me telefona. A casa é muito grande, ele me disse que nem sabe em qual dos vinte e sete banheiros ele está.

Virá uma reação muito forte de Salt Lake City. Como você deve saber mórmon não morre, adormece e fica aguardando o Dia do Juízo Final deitado em uma urna parecida com os caixões de defunto. Com o que descobri, eles explodirão sem saber a razão.

— Queremos sua ajuda. Você não é muito inteligente, mas de repente pode ter um lampejo como aquele em que demostrou o teorema inútil.

Fiquei tão atordoado que saí sem me despedir, aproveitei um momento em que ele, com os olhos fixos no teto parecia visualizar bilhões de pessoas flutuado lentamente, assustadas, sem saber o que se passava, umas tentando agarrar outras no meio de um barulho ensurdecedor vindo das explosões. Quando conseguiam se agrupar o peso aumentava, desciam um pouco, depois retomavam à subida.

Cheguei em casa no final da tarde, queria ficar sozinho na minha poltrona. A ideia de flutuar nela sentado me era agradável. Indo e vindo ao sabor do vento, sentindo a leveza do corpo, subindo lentamente, passando por coisas coloridas ao lado e acima de mim, como fossem balões. Minha poltrona seria um ponto verde navegando rumo ao infinito. Pena que duraria pouco, de qualquer forma tornaria a morte um evento agradável, leve.

Não descartei a possibilidade desse fim não ser de todo ruim. Ele permitiria um recomeço. Os criadores dessa confusão em vivemos recomeçariam do zero, com experiência que não tinham quando fomos produzidos. Os novos humanos seriam todos iguais, da mesma cor, tamanho, peso e, o mais importante, pensariam do mesmo modo e, finalmente, a humanidade viveria em paz.

A evolução seria mais lenta e os deuses assumiriam culpa por seus erros. Se houvesse falhas nos produtos não poderiam atribuir culpa ao que fizeram e espalharam pela terra, afirmando com inocência: "Fizemos o possível para produzirmos algo melhor, mas o livre-arbítrio…"

O que Adamastor enxergava no teto de seu quarto, poderia ser diferente daquilo que imaginei, tudo subindo muito rápido, corpos contra corpos, pessoas gritando, morrendo antes de atingir a própria explosão. Ele era assim.

Depois de muito refletir, conclui que Adamastor estava completamente louco.

Não entendi as equações de Newton ao contrário. Decidi ir ao Instituto de Matemática consultar a cópia da *Philosophiæ naturalis principia mathematica*, edição de 1687, estudar no original a obra de Newton. Levaria documentos que comprovassem que passei quarenta e seis anos de minha vida naquele lugar para não ser expulso novamente.

O órfão do andar de cima veio me visitar. Queria, se possível, experimentar minha poltrona.

Novidades correm rápido em prédios residenciais pequenos, como o nosso. Gostou, pediu o nome da loja e decidiu comprar uma igual, da mesma cor e tecido. Disse que o pai deixara uma boa herança.

— Dona Cecília falou que é imitação de couro, mais barata. Mesmo assim comprarei uma.

Aproveitou para informar que as surras foram temporariamente interrompidas:

— O porteiro achou que minhas costas estão em mal estado. Dona Cecília passa unguento todas noites, quando as feridas sararem ela avisa e recomeço a tomar jeito. Dói, mas é para meu bem, senão o padre Estanislau não daria as surras.

Gentil, Ladislau, assim se chamava o rapaz, retornou com um banquinho forrado com couro branco, bastante manchado, para eu esticar as pernas quando sentado na poltrona.

— Era do meu pai, ele achou no lixo, mas, como o senhor pode ver está em bom estado.

Agradeci. Ele acompanhava a poltrona do Arlindo, a que joguei fora. O banquinho cheirava a urina, como a antiga poltrona, o correto era devolvê-lo ao lixo, mas a bondade ingênua do rapaz me comoveu. Derramei nele um frasco grande de alfazema, não resolveu, os dois cheiros se misturaram, predominando o mais antigo.

Com o novo hábito, ficar na poltrona olhando por cima do batente da janela, não posso ver o que está perto, meu olhar só alcança o rio e o pôr do sol. O conforto compensava a perda da visão dos barracões de madeira.

Num dia, aguardando o sol desaparecer no horizonte, me veio à memória o capelão do colégio onde eu estudei na infância, o padre Estanislau, que passou toda a guerra em um campo de concentração nazista, sobreviveu e veio para o Brasil.

Tinha o mesmo nome do sapateiro, e fora padre. Seria o mesmo que ouvia minhas confissões e perdoava os meus pecados?

Por caridade, o arcebispo o designou a um trabalho ameno: ouvir confissões e dar comunhão aos meninos de um colégio católico tradicional. Teria tempo para se recuperar dos maus-tratos impostos por nazistas e, depois, por comunistas. Doutrinas que associam a recuperação de descrentes ao sofrimento.

O arcebispo considerou o que fez adequado para quem fora o mais respeitado exorcista da Europa Central.

Sempre triste, às sextas-feiras escutava nossos pecados; todos alunos se confessavam. A direção do colégio não queria ser responsabilizada pela ida de estudantes para o Inferno.

O bom sacerdote ouvia centenas de pecados, seguidos de atos de contrição, absolvia e ministrava a comunhão aos domingos. O perdão das faltas era rápido. Por não falar português achava que o contado era coisa sem importância; meros pecados veniais, como os dos jovens poloneses.

Ficou apenas dois anos, um dia desapareceu. Não aguardou a designação para ser exorcista na Cúria, conforme lhe fora prometido. Nunca mais se ouviu falar dele.

Essa história se espalhou pelas redondezas do colégio, levantando às mais infames suspeitas. Uns disseram que virara comunista e voltara para sua terra natal, outros que ele se apaixonara por um aluno, alguns falaram ter ouvido uma inconfidência de seu confessor: o padre Estanislau teria enlouquecido quando começou a entender a língua dos meninos.

De tanto ouvir repetitivamente o eufemismo "práticas solitárias", era o único pecado que lhe interessava, todas as sextas-feiras durante dois anos seguidos, ensandeceu.

Ele sabia que esse exercício, além de pecado, produz adultos abobados com mãos peludas e, ainda, prejudica a saúde física e moral. O curioso é que Moisés não o colocou entre as abominações que jamais poderiam ser praticadas. Poderia ser o décimo primeiro mandamento.

Um grupo de pensadores ingleses admitiu que os pecados eram quinze, ao descer da montanha Moisés escorregou e a terceira tábua se partiu em muitos pedaços. Isso explicaria a ausência deste vício.

O confessor desaparecido foi substituído por um padre velho e surdo, o arcebispo não queria um novo escândalo em sua diocese. A versão oficial foi que Satanás veio buscá-lo, ocorrência comum entre exorcistas.

Seria meu confessor o pai de meu vizinho?

Li na infância, em um almanaque que as farmácias distribuíam no final do ano, que as memórias se acumulam em camadas horizontais finíssimas no cérebro. É esperado que remexendo numa delas encontre algo em sua proximidade.

O nome Estanislau trouxe ao presente a lembrança da tragédia do padre confessor do ginásio.

Buscando-a mexi em outras camadas de memória e achei uma lembrança perdida, tinha tudo para ficar esquecida para sempre se o pai do vizinho de cima não tivesse morrido.

Na primeira ida ao Hotel Versailles fui recebido por uma senhora de nome estranho: Ethelka. Poderia ser húngaro, sérvio, alemão ou de qualquer país do Leste Europeu.

Apesar de raro não me era desconhecido. Duas noites em claro e duas longas caminhadas, só pensando no curioso nome, me ajudaram a lembrar de uma Ethelka da minha infância, junto com a singela descoberta veio uma torrente de memórias adormecidas.

Lugares, paisagens, pessoas, ocorrências rotineiras e extraordinárias, acordando todas ao mesmo tempo, se embaralhado, dificultando entender o que palidamente brotara da camada adjacente à do padre, de onde jamais sairiam sem a curiosidade recente. Eram lembranças que poderiam ser consideradas sem importância.

Cecília me visitava com frequência trazia pastéis que ela mesmo fazia e dizia amenidades; numa dessas vindas falou com cautela:

— Adamastor, tem um cheiro insuportável no seu apartamento, parece ser urina perfumada.

Saiu cheirando tudo, a poltrona, a cama, o banheiro, a televisão, quando chegou ao banquinho branco, entusiasmada gritou: "Achei, é o banquinho! Jogue fora."

Contei a razão do pequeno móvel estar ali, ficou comovida com a história do bem-intencionado presente.

— É emocionante, mas jogue fora e diga que você deu para um mendigo que precisa ficar deitado com os pés para cima. Ele entenderá.

Minha amiga sempre tem sugestões boas e lógicas a dar. Nunca conheci alguém como ela.

Não disse nada sobre a poltrona de "couro falso e barata".

Numa noite, bem tarde, com a necessária cautela, saí com o banquinho na cabeça em busca de um lugar apropriado para me ver livre dele, sem possibilidade de Ladislau perceber meu ato egoísta. Andei por uma hora e encontrei uma caçamba em frente a uma demolição, deixei ali e voltei.

Prestei conta à Cecília do que fiz com o móvel malcheiroso. Precisava de sua aprovação. Passei a vida sem necessidade de aprovações. Fui livre, em troca não recebi congratulações nem reprimendas, apenas a solidão.

— Ótimo, o cheiro começou a dissipar, daqui a algum tempo terá sumido por completo. Ainda tem um pouco no seu cabelo.

Jogue fora suas camisas, além de velhas elas estão impregnadas do cheiro da urina perfumada.

Obedeci. No dia seguinte fui às compras na Voluntários da Pátria. A primeira parte dessa rua é de comércio que alguns chamavam "popular", mais adiante, não longe do Versailles, começa uma "zona" decadente.

Percorri loja por loja ouvindo vendedores, examinando opções e fazendo perguntas. Ficaria o tempo necessário para me sentir capaz de ter certeza que fazia uma boa compra, pagando bons preços e causando espanto à Cecília, como ela fez mostrando seu vestido quando fomos ao necrotério.

Vestiria as camisas, faria de brincadeira um rodopio como o dela e perguntaria: "Que tal?"

Um vendedor quis me apressar, respondi:

— Por favor, deixe eu escolher com calma. Sempre demonstrei meus teoremas desse modo. O de Fermat demorei trinta anos.

— Doutor se acalme, tem todo o tempo que quiser, o senhor e o doutor Fermat. Qualquer coisa me chame.

Depois de duas horas comprei quatro camisas de poliéster pelo preço de três, conforme anunciava um homem com um alto-falante em frente à loja. O vendedor me falou sobre a qualidade do tecido: "Essa fibra é plantada há milênios por índios peruanos. É a melhor do mundo."

As padronagens modernas, alegres, multicoloridas, quebrariam minha sisudez e certamente agradariam a Cecília. Seria mais uma demonstração que eu era um novo homem.

Antes de entrar em casa fui mostrar a compra à vizinha, tirei as camisas da sacola, coloquei as quatro sobre a mesa da sala. Senti o espanto da Cecília, certamente pelo bom gosto e a jovialidade dos estampados, deve ter pensado: "É outro homem."

— Comprei camisas novas, são de legítima fibra de poliéster plantada no Peru.

Com expressão de benevolência me olhou e elogiou a compra.

Cecília começava a fazer parte de minha vida, dividia meus devaneios com a distante Rinalda.

4
DECIFRANDO ADAMASTOR

Passei a visitar Adamastor uma vez por semana, às quintas-feiras às quinze horas, assim não precisaria buscar desculpas para fugir de convites para almoços. Não queria magoar Ethelka, ainda mais agora que seu nome me trouxe lembranças, devo dizer que neutras, nem boas nem ruins, mas não mereciam ser esquecidas.

Do mesmo modo que encontrei lembranças de uma esquecida Ethelka junto à memória do padre Estanislau, poderia achar outras mais interessantes; esquecidas, mas não perdidas, era só ter paciência.

A regularidade para as visitas se apoiava em algumas razões. Embora tempo perdido seja irrecuperável, acreditava que pelo menos uma parte dele, pequena que fosse, poderia ser restaurada, então conheceria mais ideias alucinadas de meu irmão. Poderiam conter verdades ou, pelo menos, fios de meada a serem explorados, ajudariam a lembrar coisas perdidas e até desvendar o futuro.

Começaria pela Ethelka, a outra, depois buscaria detalhes do sequestro da noiva de Adamastor, por ele mesmo, antes do casamento, da surra na outra noiva e de seu namoro com Brigitte Bardot quando estudou na França e, principalmente, buscar mais explicações sobre a Lei de Newton de "cabeça para baixo". Não entendi sua equação na ordem inversa e passei a ter dificuldade em entendê-la na ordem correta.

Ele passou a conversar a respeito do domínio dos robôs sobre humanos e animais de estimação: "Muito em breve, as crianças brincarão com cães e gatos sem pulgas, sem despesas com veterinário e sem deixar saudades quando morrerem, viverão mais que os donos."

"Os casamentos serão felizes, cada humano escolherá o robô mais adequado ao seu gênio. Homens não mais baterão em mulheres e ninguém cobiçará a mulher do próximo." "Os parlamentos, compostos apenas por robôs, serão dignos e honestos, orgulharão seus eleitores. Ninguém precisará fingir não conhecer um deputado ou um senador, ou passar vergonha se for cumprimentado por um deles."

A cada visita eu saía com novas perplexidades: seria mesmo gênio, louco, as duas coisas?

— Você lembra da Rinalda?
— Não. Deveria?
— Não.
— E a Ethelka?
— Só conheço a daqui, do Versailles.

Esqueceu a Rinalda. Como pode? Para mim ela era inesquecível, mesmo quando tive a ilusória paixão pela Luiza, ela dominava meus sonhos. Estaria tão avariada quanto nós dois? Morreu? Casou?

A lembrança que eu tinha dela estava congelada na minha cabeça, era melhor assim. Mantinha-se jovem como "Ela, a Feiticeira", bela após anos esperando o retorno de seu amado Archibaldo.

Estimulei-o a fazer curtas caminhadas, gostou da ideia, olhávamos lugares familiares e comentávamos alguma lembrança, por razão que desconheço nunca mencionávamos nosso pai.

Numa dessas saídas sugeriu irmos à praça da Conceição. Quando disse: "Vamos brincar no parquinho. Laura irá conosco."

Senti profunda dor na alma. A doença toma conta de seu cérebro, tira suas lembranças do passado e as substitui pelas do presente, que também fenecem. Percebeu meu espanto: "Estou brincando."

Eu tinha que satisfazer seus desejos, sempre poderiam ser os últimos. A ladeira, até a pracinha, não poderia ser vencida por suas pernas debilitadas. No hospital, ao lado do hotel, havia uma antiga entrada para ambulâncias, fui lá, peguei o elevador das macas, desci no primeiro andar e de pronto estava no mesmo nível da praça.

No dia seguinte refiz o percurso com meu irmão. Quando viu a pracinha retornaram as imagens da infância como se fossem reais. Apoiado na bengala parecia querer correr com as crianças. Ria. Gritava para uma Laura só vista por ele: "Mãe te amo. Venha brincar comigo."

Procurarei levá-lo a lugares que lembrassem tempos longínquos. Reavivar memórias, mesmo falsas, lhe traria felicidade. Havia muitas escondidas nas ruas e prédios nas proximidades do hotel. Às mais distantes iremos de táxi. Em pouco tempo ele estaria na cama, imóvel, com todo seu passado apagado, eu tinha que aproveitar esse resto de vida e fazê-lo feliz.

Percebi que ele ia se desinteressando de tudo, quando eu disse: "Ainda não entendi a equação de Newton de trás para a frente." A resposta foi: "Nilton Santos? Ainda joga no Botafogo?" A memória tornava-se confusa e se esvaia rapidamente.

O tempo de Adamastor estava acabando, organizaria as visitas de modo a otimizar a busca por suas ideias bizarras e lembranças, boas e más.

Anotava o que ele dizia, assim a posteridade saberá quem foi Adamastor Gonçalves Beltrão.

Sua rotina era a esperada para um velho doente, sem família a apoiá-lo e dinheiro para lhe dar mais conforto. Não reclamava, a aposentadoria que recebia permitia viver ali e não num asilo.

Os demais moradores do Versailles, como ele, concluíam as suas jornadas pobres e abandonados. Histórias diferentes, mas com desfechos comuns. Adamastor era o único a ter tido uma vida rica em dinheiro e aventuras.

Tinha tanto a dizer que não repetia seus feitos, ao contrário dos outros que contavam mil vezes a mesma história. Em comum havia apenas o descolorido presente e o previsível futuro. Passava a maior parte do tempo rabiscando uns cadernos escolares, um atrás do outro, e mexendo no computador. Escreveria uma espécie de memória ou algo sobre novas expectativas científicas?

Assim passamos o penúltimo ano de sua existência. No último, quando perguntou ao me ver: "Quem é o senhor?" — passei a espaçar as visitas.

A doença que consumia seu cérebro acabou por consumir sua vida. Ethelka tomou todas as providências para ele ter um funeral digno.

Ela, os hóspedes, eu e Cecília fomos juntos ao enterro. A funerária providenciou uma caminhonete muito antiga, mas em bom estado, sem ferrugem, arranhões ou batidas. Preta com coroas douradas pintadas nas laterais, tendo acima delas uma faixa prateada com letras também douradas: "Transportamos para a vida eterna."

Quando parava em um sinal de trânsito as pessoas mais atentas olhavam para os passageiros, liam o anúncio e imaginavam que para ganhar tempo e reduzir custos, os mortos iam sentados; todos de uma vez, para o cemitério, onde seriam distribuídos pelas capelas e colocados em seus esquifes.

Na parte traseira da caminhonete, onde habitualmente vão as malas, foi acomodado o caixão com Adamastor. Levá-lo num outro carro seria muito dispendioso para mim, que estava arcando com todas as despesas. Ethelka, com senso prático, sugeriu que assim fosse feito:

— Sua última viagem será um passeio com seus amigos.

Convidei Cecília para participar da excursão, gostou da ideia:

— Só assim poderei conhecer seu irmão.

Colocou o vestido das grandes ocasiões e sentou-se apertada entre mim e o embaixador Asdrúbal; magrinha, não reclamou.

Fiquei impressionado com a habilidade dos funcionários da agência funerária em colocar o caixão de meu irmão em espaço tão exíguo. Até hoje acho difícil ter sido possível. O ataúde ficou um pouco torto e encostando na cabeça dos passageiros do último banco. O senhor Fortini gentilmente se curvou, quase encostando a testa nos joelhos, para facilitar a operação. O trabalhoso foi tirá-lo do furgão e desentortá-lo, doeu um pouco; não reclamou.

Para o velório, alugamos por duas horas uma capela mortuária. A oração que o apresentava ao Senhor foi pronunciada por um diácono, mais barata que a de um padre ordenado.

Aberto o caixão todos se aproximaram. Cecília, comentou:

— Ele era muito bonito.

A funerária fez um bom trabalho. O rosto magro tinha bochechas, a pele macilenta estava rosada e na cabeça, o pouco que restava de cabelo foi coberto por uma peruca discreta.

— Gostou da peruquinha? Ideia minha. Quando forem fechar o caixão eu retiro para usar em outro hóspede. Adamastor é o terceiro que a utiliza. – comentou Ethelka.

É notável seu zelo por aquele bando de velhos, "a turma".

Terminada a cerimônia ela me pediu para passar no hotel, deixei Cecília em casa e segui para lá.

Falou sobre os anos em que Adamastor morou com ela. Rolou uma lágrima quando relembrou as últimas semanas, nas quais não sabia quem ela era, nem onde estava. Perto da morte chamava em choro desesperado por sua mãe, a que desconhecia, estranhamente não a que o criou, Laura.

Ethelka queria falar sobre o morto.

— O doutor disse que era doença sem cura, falou qualquer coisa em alemão e que só deveríamos esperar pioras. Falei que ele estava caduco, o médico confirmou com a cabeça. Aos primeiros sintomas, coloquei no bolso de seu casaco o endereço do hotel, sempre saía com ele, se perdendo poderiam trazê-lo de volta.

Senti todo o peso de minha omissão em abandoná-lo nos seus últimos meses de vida.

A ruína mental de meu irmão assustava, falavam que ele sofria de doença com nome estranho e hereditária. Se fosse isso, era só aguardar que chegaria a minha vez.

Nesse caso, buscaria abrigo com Ethelka. Apesar de seu hotel me provocar desconforto, até certa repugnância, ali estaria melhor do que jogado em algum lugar mantido pelo governo para velhos desamparados.

Pessoa observadora, capaz de ler pensamentos, ela me disse:

— Venha morar conosco. Vou mandar arrumar o quarto do que partiu, pintarei com a cor que você quiser, posso, também, colocar um papel de parede com uma paisagem alpina, meus avós vieram da Alemanha. Trocarei o colchão e colocarei sobre a cômoda alguns anãozinhos de porcelana em trajes bávaros, "lembranças da infância".

Convidou-me a conhecer a dispensa. Sussurrou junto ao meu ouvido uma informação que considerava mais uma conveniência de seu hotel:

— Não hospedo judeus, pessoas de cor e moças solteiras, mesmo as de fino trato.

Essa preleção me horrorizou, pensei em interromper aquela conversa, demonstrar desagrado e ir embora.

Como que adivinhando meu pensamento, com força pegou me braço e continuou as exposições das vantagens em viver ali. Com uma chave enorme que tirou do bolso do avental, abriu a porta de um armário.

— Veja o estoque de fraldas geriátricas, pomadas para hemorroidas, fixador de dentadura, pílulas antigases, laxantes para prisão de ventre, preservativos, comprimidos para desarranjos, pente para piolhos, não falta nada. Tudo que em algum momento todos nós precisamos estará aqui à sua disposição. Tentador, não? Fiquei de pensar.

— Pente para piolhos?

— O embaixador de vez em quando sai para uma aventura amorosa. Nesses dias se perfuma e coloca um traje esportivo; numa dessas ocasiões, na volta, não parava de coçar a cabeça. Fui ver, não deu outra: piolho.

— Antes de ir venha ver uma coisa no meu quarto, uma relíquia.

Nunca havia estado ali. Entramos, fechou a porta, acendeu a luz, fiquei temeroso, ela havia dado sinais de apreço por mim, poderia me jogar na cama, eu decepcioná-la e ela me expulsar.

Quando comecei a ficar nervoso ante essa apavorante perspectiva, me mostrou uma antiga folhinha, amarelada, pregada atrás da porta, sem poeira, bem cuidada, indicando que ser valiosa.

Era de 1939. No primeiro mês, janeiro, o Fhürer, em sua posição clássica saudava uma multidão com as mãos para o alto, fevereiro tinha a foto de sua entrada em Viena, terminava em dezembro com a fotografia de um enorme conjunto de barracões de madeira.

Imaginei ser uma colônia de férias para estudantes. A suástica no topo da folha me fez pensar ser um acampamento da Juventude Hitlerista, a Hitlerjugend.

— Lindo, não? Presente de um parente muito querido. Seu valor é inestimável. Auschwitz antes da inauguração. E a despensa dos produtos essenciais, gostou?

Não saí correndo porque não mais corria, mas consciente que a minha realidade estava ali, naquela despensa, naquela pensão, naquele quarto e na cama onde morreu meu irmão, e dela não tinha como fugir. A alternativa era morrer abandonado ou sobrecarregando a boa Cecília.

Na volta para casa, passei na igreja do Rosário, há quarenta anos não entrava num templo. Fiz o sinal da cruz, ajoelhei e com fervor prometi a Deus estudar até entender a Lei da Gravidade no sentido inverso, o grande legado de Adamastor para a humanidade. Concluída essa missão Ele poderia me levar.

Pedido feito em momento de enorme angústia, envolvia risco mal calculado. Poderia demorar a entender o que propunha estudar e viver mais do que desejava.

Com imenso esforço comecei a compreender que se uma equação matemática prova que todas as coisas são puxadas para baixo, invertendo ordem de seus elementos ficará provado que tudo pode ser puxado para cima.

Levei trinta anos para demonstrar o teorema indecifrável durante trezentos anos, agora teria que ser mais rápido senão morreria entre bonequinhos bávaros, cercado por paisagens alpinas, vendo Auschwitz antes da inauguração e cheirando a fritura, como os demais hóspedes do daquele estranho hotel.

Por recomendação médica não retornei ao Versailles por um bom tempo. Doutor Starosta ouviu atento tudo o que contei. Impassível, disse apenas:

— Seu caso já é difícil, agora, se continuar buscando emoções fortes procure outro psiquiatra.

Não se incomodou quando mencionei o processo de seleção dos hóspedes da Ethelka. Lembrou apenas que o Partido Nazista brasileiro fora o maior do mundo fora da Alemanha.

Ethelka admitiu ser eu o herdeiro de Adamastor, afinal era a única pessoa a visitá-lo. Fui vê-la. Recebi minha herança: os cadernos que ele escrevia, um computador que abria e fechava como um pequeno arquivo, uma mala de couro com roupas que descartei, exceto um sobretudo e um cachecol, em seu lugar pus o computador, os cadernos e dois livros: o dos sonhos de Freud e o dos espíritos de Allan Kardec.

Leituras indicativas da vontade de meu irmão em conhecer, por qualquer caminho, seu começo, meio, fim e o pós-fim. Simplesmente saber que veio do pó e a ele retornaria era insatisfatório para sua mente especulativa.

Eu sabia precisar de um computador para escrever e fazer consultas, assim diziam meus dois colegas de faculdade. Computador para mim era uma máquina IBM imensa, que ocupava uma sala e exigia exaustivo trabalho de quem a utilizasse — formular o programa e perfurar inúmeros cartões.

Tive receio de nunca aprender mexer com a máquina pequena, moderna, do mesmo modo que nunca consegui aprender dançar, dirigir carros e falar alemão. Tentei, me esforcei, paguei professores e deu em nada.

Caso decidisse usá-lo pediria ajuda à Cecília, percebi nela intimidade com coisas modernas, na sua casa tinha utensílios que eu conhecia de ouvir falar e sequer sabia para que serviam.

5
A VIDA SEGUE

Passei cada minuto de minha vida em cima de teoremas, equações, funções, acabei ultrapassado pelos acontecimentos. Convivi com pessoas como eu, com poucos interesses além das obrigações profissionais.

Considerar o ingresso no hotel da Ethelka uma ida ao passado me escandalizou, não deveria, eu vivia no passado, e meu irmão num futuro assustador, acompanhado de pessoas radioativas flutuando entre nuvens.

Curioso com a herança recebida dei prioridade ao escrito nos cadernos, eram treze, depois trataria do computador.

Páginas desarrumadas, não obedecendo uma sequência. Começa um assunto e no meio de uma frase qualquer inicia outro; é fácil ver terem sido escritos por mente aflita, torturada por pensamentos assustadores que se entrelaçam de forma desorganizada, tornando difícil estabelecer o que é antes ou depois.

Apesar da confusão, deu para tirar algum proveito dos sete primeiros. Do oitavo ao décimo primeiro ficam mais atrapalhados, muito pouco pode ser compreendido. Os dois últimos têm apenas rabiscos infantis e páginas em branco. A sequência dos escritos mostra a evolução da doença maldita que se apossou de seus neurônios.

Lembrei dos manuscritos do Mar Morto, pedaços esfarrapados de papiro e de couro de ovelha encontrados depois de escondidos por dois mil anos, estudados por teólogos contemporâneos, na tentativa de confirmar verdades que não deveriam ser questionadas, fazer descobertas que não deveriam ser conhecidas.

No evangelho de Adamastor, as frases escritas e depois apagadas mostram o intenso desejo suprimir recordações incômodas. Às vezes riscadas com tanta força que rasgam o papel. Nelas estariam guardados seus maiores desconfortos, aqueles que não conseguia arrancar das lembranças, então apagava do papel.

A narrativa, além dos saltos, exalta seus feitos e dedica desprezo a quem não o leva a sério. Difícil distinguir o verdadeiro do imaginário. A escrita ríspida indica que ele duelava com alguém enquanto escrevia, talvez até falando em voz alta com o desafeto que teria que ser derrotado, assassinado, apagado de suas lembranças. A amargura dá o tom à obra, como deu o tom de sua vida.

Ao mesmo tempo que exagera seu curso de física em Paris, lembra com satisfação dos primos, reprovados nos exames de admissão ao curso superior. Quando menciona o prêmio de empresário do ano dedica mais espaço ao sócio que lhe tirou a empresa. As mulheres são apresentadas como pessoas sórdidas que devem ser punidas de maneira cruel.

Nesse aspecto, o do seu convívio com as mulheres, o que li me assustou. Conhecia suas histórias inesperadas, absurdas, mas o que encontrei era inimaginável. Parei de ler por algum tempo. Teria ele sido um criminoso em série?

Cheguei a pensar em destruir aquele papelório e tentar esquecê-lo.

Quem não o conhecesse desistiria da leitura nos primeiros parágrafos. Em mim despertou curiosidade, achei que havia algo oculto que compensaria meu trabalho. Quis ler como está escrito, desisti e passei a ordenar o texto, tarefa que me ocupou alguns meses.

Pelo amarelado das páginas e pela cor das tintas foi fácil perceber que os cadernos foram escritos ao longo de alguns anos, e não no período em que viveu na pensão, como pensa a proprietária. Não eram diários, foram escritos como os Evangelhos, tempos depois das ocorrências.

Ethelka me contou fatos por mim desconhecidos. Gostava de relembrar o hóspede mais ilustre que teve. "O único que deu nobreza ao hotel. Na entrevista ao *The Washington Post* citou três vezes onde morava. Ganhei reputação internacional." Ela ajudava a entender Adamastor, e por extensão a mim.

As histórias de Ethelka eram detalhadas, claro que muito saia de sua imaginação; preenchia lacunas. Não importava. Nunca lhe perguntei como sabia isso ou aquilo. Apenas ouvia. Chegando em casa anotava para não esquecer.

Num dia, continuando sua narrativa, disse: "Vou lhe contar algo fantástico que você não conhece."

Uma longa história que ouvi com atenção e espanto.

Pouco antes de morrer, num último sopro de vida, contrariando o que disse o médico: "Ele não mais sairá da cama." Adamastor se levantou e foi para a rua.

Entardecia. Saiu apressado, era inverno, em pouco tempo estaria escuro. Tomou decisão sempre adiada, ir ao encontro de seu passado mais remoto.

Passou a vida querendo encontrá-lo, adiou pelo medo do que acharia. Rebuscar o passado sempre pode ser perigoso, mas sabia que sem desvendá-lo não poderia viver. Preocupação inócua para alguém muito velho e doente.

Temia enlouquecer ao ficar frente a frente com o começo de sua história, que ele chamava passado. Temor natural, se depararia com o desconhecido, sabia que ele traria más lembranças.

Caminhava lentamente, cambaleando, parecia bêbado, mas não estava, eram apenas as dificuldades impostas pelos seus mais de oitenta anos e a saúde frágil.

O percurso por rua desagradável, sombria e perigosa traria riscos. Para piorar, no inverno a noite chega mais cedo. Poderia ter feito isso no verão ou mesmo no outono, mas precisava do inverno, achava que deste modo encontraria cenário igual ao do dia em que nasceu. Escolheu hora, dia e época ruins; a neblina e o frio dificultariam sua busca, mesmo assim saiu.

Mais adiante pegou um táxi, desceu vinte minutos depois numa avenida larga e bem iluminada.

O motorista educadamente se negou a prosseguir pela rua transversal escura, mal calçada e mal afamada. Insistiu para ele voltar em hora apropriada à sua segurança, quando o levaria ao destino indicado. Não deu importância à advertência, pagou e desceu. O trajeto a percorrer era curto, uns trezentos metros, e arborizado.

Árvores dão beleza e acolhimento aos caminhos por onde crescem, mas não nesse caso. A arborização densa, a copa de cada árvore encostada nas copas vizinhas, escurecia a rua mesmo de dia. O sol nunca penetrava ali, a calçada eternamente úmida permitia crescer um musgo verde nos cantos não pisados.

Os postes, mais altos que as árvores, impediam as lâmpadas cumprirem o papel delas esperado, clarear caminhos.

O solo nas proximidades do rio é escuro, rico no alimento que dá vigor às plantas e as tornam maiores que outras espalhadas pela cidade. As pequenas mudas foram distribuídas da maneira correta, o imprevisto foi a fertilização, que produziu árvores generosas em sombrear além do desejado.

Adamastor não sentia medo, apenas ansiedade. Evitou por toda a vida fazer o que agora fazia, embora considerasse tarefa essencial ao que restasse de sua saúde mental. Cansado, pensou em voltar, desistir. Parou, respirou e prosseguiu — não sabia se estaria vivo no dia seguinte.

O tardio encontro com sua origem não o ajudaria em nada, não dava mais tempo para consertar o que dera errado, se é que em algum outro momento daria.

Ouviu o que contaram na infância e guardou na memória, onde ficou intocado à sua disposição — seria visitado quando considerasse oportuno.

Os anos passaram, aumentou seu entendimento das coisas, começou a compreender que cada efeito tem uma causa, então considerou essencial desvendar sua infância. Nesse momento mudou-se para a cidade natal e criou coragem para defrontar suas mais remotas lembranças, aquelas que define quem somos.

Agora, frente a frente ao lugar procurado se deparou com cenário distinto do esperado. Não compreendia o que se passava. O passado estaria mais adiante? Ficou perturbado, sentiu-se mal. Não cogitou se as incômodas recordações, que não existiriam se não tivessem lhe contado, seriam meras invencionices para assustá-lo.

Vez por outra passava alguém. Pelo que lhe contaram estava em um bairro industrial durante o dia e de prostituição à noite. Do outro lado da rua, coberta por paralelepípedos de granito assentados em terreno pantanoso, afundados em muitos pontos pelo peso dos caminhões e a fragilidade do terreno, encontraria os trilhos da ferrovia e mais adiante as docas do Guaíba.

Em mais um pouco, às seis horas, os apitos das fábricas anunciariam o fim do expediente, a rua se encheria de gente, uns seguiriam o rumo da avenida larga e bem iluminada, outros iriam na direção oposta para tomar o trem suburbano.

Esse era o cenário que guardava, era o contado pelas parentas quando vivia na casa de sua avó, onde passou os quatro primeiros anos de vida.

Diziam que encontraria sua origem na beira do rio, numa doca, num trapiche de madeira, ancoradouro para os barcos que transportavam a lenha usada em fogões e fornalhas.

Não deu conta que não havendo mais esses fogões nem essas fornalhas não haveria mais compradores para as achas de madeira, então não mais existiriam trapiches, barcos e carroças.

Conversava mentalmente com o passado como se ele fosse uma pessoa. Era a única companhia que lhe interessava.

Adamastor Gonçalves Beltrão alcançaria seu alvo antes de ouvir os apitos das fábricas, sem bem entender o que anunciavam; era desatento ao que não lhe dizia respeito.

Os prédios que via pareciam abandonados, com portas abertas, vidros quebrados, pisos molhados, ratos e mendigos se abrigando do frio, incólume apenas a cor cinza-escura das paredes cobertas pela fuligem saída das chaminés de antigas fábricas e locomotivas.

Mais adiante deveriam estar muitas carroças, o rio, os trapiches, os barcos e gente indo e vindo. À direita e à esquerda encontraria prostitutas andando pelas calçadas estreitas e esburacadas, impróprias aos saltos altos das moças, bares e hotéis anunciando camas para alugar e dando o preço por hora, não por dia como deveria ser.

Nas várias vezes que foi atrás de auxílio profissional, buscando penetrar nas profundezas do cérebro, só apareciam memórias que não sabia serem falsas, as verdadeiras continuavam inacessíveis.

Recomendaram um hipnotizador, e lá estavam de novo, bem nítidas, as lembranças que o impediam encontrar as razões de seu inconformismo com tudo e todos que o rodeavam.

O forte vento aumentou o frio. Adamastor continuava acreditando mais nas pérfidas memórias que naquilo que via.

À sua frente apenas um enorme aterro, por cima passavam carros; não havia trilhos, trens, fábricas, apitos ou prostitutas. Pensou: "O rio, os trapiches e barcos estão lá atrás."

Achou uma passagem estreita, suja e escura; foi o momento mais nervoso da jornada, acreditava que ultrapassando-a se depararia com o passado, intacto, tal qual aprendeu na infância. Queria e não queria concluir sua busca.

Temia o que encontraria. Poderia enlouquecer, não conseguir retornar, ser assaltado, ter suas roupas roubadas e morrer de frio durante a madrugada.

Num segundo de lucidez voltou ao presente, saiu das lembranças, mas a curiosidade o empurrou para o caminho que queria abandonar.

Cruzou o túnel, do outro lado viu um porto com silos, navios, guindastes, nada, absolutamente nada, parecido com o que esperava encontrar.

Desnorteado e com medo, parou, olhou para todos os lados, nada guardava qualquer semelhança com o contado pelas tias e confirmado pela avó, quando era criança.

Repetiam a história, riam enquanto ele chorava. Produziam memórias que poderiam ter ficado escondidas junto a outras, inacessíveis lhe protegeriam dos piores momentos da infância.

Não era o cenário do pesadelo que o atormentou por toda a vida. Não sabia o que fazer. Tinha que confrontá-lo e derrotá-lo, só assim espantaria os fantasmas que o perturbaram por onde andasse. Não encontrando o passado não o exorcizaria e teria sua companhia a atormentá-lo pela eternidade.

"Não, isto não pode acontecer!" "Ficarei até achá-lo e destruí-lo. É aqui que ele está, sinto o vento frio que me fazia chorar. Ele é ardiloso, me confunde, se disfarça, mas está aqui." Dava vida ao inimigo imaginário. O vento que sentia em seus sonhos era a única lembrança autêntica, o estranho era ter acesso à memória tão distante.

Acordou em sua cama no hotel. Os hóspedes em silêncio, arqueados sobre ele, observavam-no com a mesma atenção que são observados os mortos ilustres em seus velórios e os cadáveres nas aulas de anatomia.

Sem saber se era dia ou noite, espantado, via tudo sem entender o que se passava.

Rostos enrugados, bocas desdentadas, olhos esbugalhados, envoltos pelo cheiro da cozinha, formavam uma barreira silenciosa junto à cama. Pareciam protegê-lo da morte, que sentiam se aproximar.

A dona do lugar trouxe café e pão com manteiga que tomou e comeu com gosto, depois se virou, puxou o cobertor e voltou a dormir; todos saíram, a porta não foi fechada, apenas encostada.

Chamado, o médico considerou a história uma invencionice. "O que me contaram contraria tudo que se sabe sobre a doença que diagnostiquei. O ocorrido equivale a um morto ressuscitar e sair para passear."

Alguém lembrou a possibilidade de milagre, outro de diagnóstico errado. Dona Rosa Flor puxou o marido para perto e disse baixinho: "É dissimulado como o irmão." O médico, irritado, ferido em seu orgulho profissional, saiu dizendo que não deveriam mais chamá-lo.

Enquanto eu, chamado ao hotel, assistia o que se passava, em pé, junto a porta do quarto, ao ouvir a conclusão do médico, pensei em falar de meus encontros com Pedro C.. Reforçaria as possibilidades de eventos absurdos acontecerem. Achei melhor ficar calado.

Triunfante, Ethelka encerrou o debate:

— O doutor Adamastor está apenas caduco, não tem nenhuma doença alemã. O médico está errado.

Adamastor passou as duas semanas seguintes deitado, só se levantava para ir ao banheiro ajudado por um outro hóspede. Comia muito pouco, não falava nem pedia coisa alguma. Parecia com o faquir que ficou mais de um mês sem comer, encerrado em uma urna de vidro exposta numa loja vazia em frente à praça XV, perto do Mercado Público, bateu o recorde de fome voluntária e ficou mirrado como Adamastor Gonçalves Beltrão — pequeno, pálido, menos de um metro e setenta, magro, uns sessenta quilos.

Passadas estas semanas em repouso, parecia ter recuperado alguma energia. Conseguiu se levantar e caminhou lentamente na direção do alpendre.

Antes de se sentar, olhou para todos e perguntou:

— O que aconteceu?

Não havia muito o que dizer, mesmo assim fizeram um resumo dos últimos acontecimentos, que ouviu sem prestar atenção.

— Não encontrei meu passado, tenho que voltar.

Não estranharam, era comum ele falar coisas sem nexo com a realidade, se colocar junto a personagens em datas e lugares que não batiam com sua idade. Os que o ouviam, com os restos de memória que ainda tinham, lembravam de narrativas conflitantes com os fatos.

Sentado numa cadeira de barbeiro, recém-comprada e colocada junto às cadeiras coloniais, repetiu que não havia encontrado quem, ou que pretendia, e retornaria sua busca.

Calou-se, os outros calaram-se. Passada uma meia hora, com dificuldade, ajudado se levantou e a passos cambaleantes voltou ao seu quarto.

Os hóspedes, caminhando atrás dele, pediram para aguardar uns dias, seria imprudente procurar o que queria no inverno. Sugeriram esperar a primavera. Sabiam que não chegaria até lá, morreria no inverno, como nasceu.

Sabiam que ele era obstinado com as docas de antigamente, fazia perguntas ao senhor Fortini, que lhe respondia e mostrava fotografias de outros tempos. Feliz em sentir que seu saber era útil à pessoa tão importante.

Os companheiros de alpendre tentavam entender sua insistência em saber mais e mais sobre aquele lugar, que não existia há pelo menos cinquenta anos, e o que queria dizer com "Não encontrei meu passado, tenho que voltar."

Tentando adivinhar o que aquilo significava, o discreto professor Godofredo concluiu:

— O nosso maior cientista nasceu nas docas e foi entregue à adoção à família rica e culta. O inexplicável é lembrar de coisa tão distante.

Para encerrar aquela conversa, aceitaram como verdade o que ouviram e passaram a assuntos menos perturbadores.

O apelo coletivo para não se aventurar por caminhos sombrios e lugares perigosos caiu no vazio, tinha apenas significado simbólico, reforçava a preocupação que cada um tinha com o outro. Preocupação natural naquela idade.

"Tenho que voltar" deixou seus companheiros apreensivos. Adamastor estava decidido a buscar o passado, custasse o que custasse. Seu estado mental se agravava a cada dia; passava por momento de agressividade.

Começaram a discutir soluções para o problema, não ficariam passivos ante a possibilidade de Adamastor recomeçar sua busca, morrer na rua e ser enterrado como mendigo. A própria Ethelka já aventara essa possibilidade, que, segundo ela, traria má reputação "ao nosso hotel".

O altruísmo do grupo, para Adamastor, encerrava egoísmo. Queriam impedi-lo de realizar seu último sonho.

O coronel, especialista em medidas extremas, sugeriu amarrá-lo à cama e trancar a porta do quarto.

— Assim ele não fugirá e confessará tudo. O que diz é muito suspeito, tenho faro para achar comunista em qualquer lugar. Adamastor deve ser um codinome. Chutei muito subversivo — disse acariciando o bem cuidado coturno, parecia novo.

O velho militar deve ter lembrado alguma coisa de seu passado.

A sugestão foi descartada. Aristeu, apenas para contrariar quem representava todos aqueles que mataram seu sonho de igualdade, sua utopia, falou: "Ele, como nós, é prisioneiro de seu corpo. Podem deixar todas as portas abertas; se levantando não chegará nem ao portão de ferro, o que dá para rua."

O embaixador Asdrubal aprovou o que ouviu: "O camarada Aristeu está certo, não tenho mais condições de realizar os passeios que tanto me agradavam."

Rosa Flor ouviu e fez sinal de desaprovação ao que ouviu, sempre reprovou aqueles passeios.

Não seguiram o conselho do militar e Adamastor ensaiou nova saída. Antes de chegar à porta, ainda no salão da entrada, caiu. Não se feriu, se levantou e voltou para a cama; sem tirar a roupa, nem mesmo os sapatos, se cobriu. Fingiu dormir.

Não atribuía seus problemas ao desamor do pai, ao desprezo da mãe que não conheceu e sequer sabia onde morava, aos parentes que, por piedade cristã, lhe deram abrigo a partir do seu segundo dia de vida, às malditas histórias que o faziam chorar, à severidade do avô, à avó à beira da demência confirmando as barbaridades ouvidas.

Os primos o tratavam como se tratam os malnascidos, humilhando e fazendo-o se sentir invisível.

Desprezado por aqueles cuja tradição manda protegê-lo, devia agradecer a Deus por não estar em um orfanato, à mercê de sádicos, mas com sua família.

Tinha certeza que devia ao "passado" a depressão, as neuroses, a paranoia, a agressividade, as noites mal dormidas, e tudo o mais que o levou à vida miserável naquela pensão para velhos sem ilusões ou ambições.

A persistente convicção que encontrando seu inimigo estaria curado, trazia curtos momentos de alívio, queria alongá-los, se possível torná-los permanentes, como imaginava que ocorria com outras pessoas.

Estaria vingado de todos que o desprezaram. A vingança é a mais natural emoção humana, a que uma vez alcançada produz mais paz.

Cumpriria seu propósito, por isto mantinha a firme decisão de retornar à peregrinação. Seguiria passos determinados há muitos anos.

Como Hamlet, sua loucura seguia um método. A do príncipe era dissimulada, a de Adamastor era real. Temia enlouquecer — não percebia já estar louco.

Dois dias depois da primeira tentativa, acordou cedo; todos dormiam. Amanhecia, o sol em vão tentava vencer a forte cerração. Com obstinação que lhe dava a força que precisava, assim pensava, partiu em busca do seu primeiro momento de vida.

Resolveu ir caminhando, uma temeridade. Enfrentaria jornada longa para sua idade em dia frio, nublado, com possibilidade de chuva, para tentar organizar os pensamentos e entender sua história.

A todo momento via coisas que outros não viam, como na ida à pracinha quando enxergou a Laura.

Doenças invisíveis são mal compreendidas. Maria dizia que ele falava coisas estranhas para chamar atenção, Rosa Flor acreditava em incorporação de uma entidade maligna.

Ethelka entendia o que se passava. Os demais evitavam comentários, sabiam que a qualquer momento poderiam passar àquela fase sombria da vida, somente o embaixador e o coronel a encaravam sem temor.

Asdrúbal contava ser capaz de negociar até com o diabo, a profissão lhe ensinara como fazer. Gostava de dizer que se lhe entregassem a negociação entre árabes e judeus resolveria a questão em semanas. Citava seu sucesso como negociador de paz entre tribos rivais quando servira na África: "Fiquei conhecido como o pacificador do Burundi." De sua conversa podia se inferir ser ele capaz de negociar com as proteínas que destroem neurônios.

O coronel se orgulhava de ser desprovido de medo, "Nasci assim." Repetia com frequência seu sucesso arrancando confissões de subversivos.

Homens vaidosos, sentiam-se superiores aos demais, talvez até ao próprio Adamastor.

Quando os dois começavam a falar, dona Rosa Flor convidava seu marido para um passeio. Considerava o diplomata esnobe e o militar fanfarrão.

Ela abandonou o magistério primário após ser diretora de um grupo escolar onde estudava um menino tarado. Ficou tão chocada que perdeu a crença na pureza e inocência das crianças, não se sentiu mais motivada a ensinar. Aposentou-se ainda jovem; o médico atestou que ela sofria uma doença dos nervos.

Ulisses era contador, tinha boa reputação entre seus clientes. Com pequenas fraudes conseguia reduzir impostos a pagar.

Adamastor falava em retomar a aventura interrompida. Não tinha mais capacidade de avaliar riscos; a verdade é que nunca teve. Não levava em conta o que Ethelka dizia sobre os perigos que o esperavam além da porta de seu abrigo, o Hotel Versailles, e longe de seus cuidados.

Irritadiço, não teria a calma para negociações com meliantes perigosos, como ocorreria com o embaixador. Pequeno e fraco estava longe de possuir as habilidades do militar para enfrentá-los em campo aberto.

Acreditava saindo de manhã bem cedo, enquanto os outros dormiam, chegaria à tarde à doca onde encontraria os barcos que traziam lenha, e lá se depararia com o passado. Desvendaria os mistérios de sua existência e poderia morrer em paz.

Iniciou a imprudente nova jornada pela rua da Conceição. Suas condições físicas e mentais estavam mais deterioradas que na primeira aventura.

Estranhamente não enxergava os viadutos e túneis que encobriam e enfeavam a rua que nunca foi bonita, em seu lugar via os enormes armazéns dos atacadistas de secos e molhados, demolidos há muito tempo, mas vivos em sua mente. Via coisas que os outros não viam. Desviava dos carros pensando se afastar de carroças e pequenos caminhões.

Enxergou do outro lado da rua o armazém de seu avô. O velho português, gordo, com o vasto bigode branco, rosto austero, de terno com colete encimado por uma corrente de ouro onde prendia o relógio, dava ordens a seus empregados.

Teve certeza que seguia o caminho correto, chegaria onde queria. Pensou atravessar e dar uma palavra com o avô, desistiu, o dia seria longo, não deveria perder tempo.

Seguiu na direção do rio. O muro que impedia as enchentes chegarem às ruas não obstruía sua paisagem, ele via o Guaíba, as ilhas, os barcos. Era o que queria ver, a caminhada tinha propósito bem definido: chegar ao passado

Em frente ao paredão de concreto ficou desorientado, na sua mente ele não existia. Não o impedia de observar a paisagem, mas bloqueava seu caminhar. Lembrou que há poucos metros passara pela estação de trens; dando meia-volta chegaria a ela e entraria na Voluntários da Pátria e em mais algumas horas atingiria o passado.

Seguia percurso indicado por seu cérebro carente de neurônios ativos e sinapses ágeis, e com o corpo fragilizado pela idade.

As pernas começaram a doer, temeu parar no meio do caminho, na pressa esqueceu a bengala, sentiu falta do apoio, mas não retornou para apanhá-la. Respirava com dificuldade, os pulmões pediam ar. O coração batia devagar, sem força. Cansado, deu uma breve parada, se encostou em uma parede e logo prosseguiu.

A conversa em voz alta mantida consigo mesmo era tão intensa que temia que outros ouvissem. Não notou a rua deserta de gente. Preocupado, passou a sussurrar, acreditava que assim preservaria seus segredos.

Viveu sempre alternando dois estados de espírito, um real e outro imaginário. O primeiro, nos piores dias, estimulava a lógica do suicídio, lhe dava uma alternativa para viver mais um dia, mais outro, até que não precisasse mais dela, o segundo abrigava devaneios onde impunha sua superioridade a outros.

A obstinação em escarafunchar o lugar que buscava era tão forte que não admitia ele não existir: "Da outra vez não olhei direito, estava escuro, hoje verei tudo o que minhas primas falavam."

Percorreria ruas modificadas pelo tempo sem perder o rumo. Orientava-se por mapa mental antigo e diferente do real, mas satisfatório à sua busca.

Na estação ferroviária, demolida há muitos anos, parou, olhou o prédio gracioso projetado na Inglaterra, entrou, foi até a plataforma ver a locomotiva soltando a fumaça negra da hulha queimada na fornalha, e a branca da caldeira, se preparando para iniciar uma viagem.

Misturado às pessoas que se despediam dos que partiam, alguns vestindo guarda-pó para proteger a roupa da fuligem, ficou feliz, cada coisa estava onde deveria estar. Retornou à caminhada.

As poucas pessoas que passavam por ele andavam rápido para fugir do frio, como se isso fosse possível.

A rua que percorria nasceu para ser evitada por pessoas de bem. Suja, malcuidada, com esquinas que poderiam esconder malfeitores, prostitutas por todos os lados, indo e vindo, acessíveis a miseráveis como elas, velhas mesmo sendo jovens.

Uma delas se aproximou do caminhante, com saia curta, pernas muito brancas sem meias, luvas rotas expondo a ponta dos dedos com a pintura das unhas descascando, tendo sobre os ombros um xale de crochê. Tremendo de frio, gritou para Adamastor:

— Jovem, me convide para tomar um café, depois lhe ofereço um programa inesquecível. Não comi ontem. Vamos, não se arrependerá.

— Obrigado. Já tomei o café da manhã.

Disse distraído à bela jovem à sua frente, assim ele via a decrépita prostituta sem apetite por sexo, apenas tinha fome. Aquele passante talvez fosse a última oportunidade de comer naquele dia.

Persistente, mantinha a caminhada, cada vez mais devagar, se caísse não conseguiria se levantar e, então, suas duas jornadas poderiam acabar ali mesmo: a curta, a de hoje, e a longa, iniciada ali perto há oitenta e seis anos.

Com arrojo, ou irresponsabilidade, prosseguiu. É muito difícil distinguir qual desses dois ímpetos induz alguém a tomar uma decisão em vez de outra. Sem eles não haveria guerreiros a serem festejados por suas mortes gloriosas, nem vitoriosos para perpetuar seus triunfos. Os livros de história narrariam cotidianos insonsos.

Os séculos passam e os franceses lembram de Napoleão, compartilham de suas vitórias e encontram consolo para suas vidas, os ingleses em situações difíceis acham em Winston Churchill um conterrâneo que superou todas as dificuldades. Até mesmo povos, sem glórias passadas, se abrigam em vitórias duvidosas e derrotas gloriosas.

Estava apenas no começo da jornada e as pernas lhe pediam para parar, as costas doloridas gritavam sobre a impossibilidade de o ajudarem a chegar à próxima esquina, quanto mais passar das muitas à frente.

Participava de maratona inútil, a mente perturbada achava que desta vez alcançaria seu objetivo: vasculhar seu passado, se encontrar consigo mesmo, resolver todos os problemas pendentes e, por fim, saber quem era.

Não chega ser um desejo universal, mas é anseio frequente, serve apenas para produzir mais inquietações.

O que Adamastor não percebia é que a cada dia ele acrescentava mais passado ao seu passado, e encurtava seu futuro. Esse é o trabalho do presente.

Apesar do frio, do vento forte a cada esquina, do aumento das dores e da fraqueza, ele prosseguia. A única boa ocorrência foi a dissipação da densa cerração, o sol pálido que ocupou seu lugar deu ânimo e um pouco de paz ao caminhante.

Sentiu fome, entrou em um botequim onde outros esquecidos por Deus tentavam se aquecer. Gritaram: "Feche a porta."

Adamastor não prestou a atenção, os de dentro se sentiram como estivessem do lado de fora. Um deles fechou a porta. Não reclamaram, perceberam que o velho precisava de apoio e não de reprimendas. "Dê um café para ele." Sem dizer nada tomou a enorme xícara de café ralo, quente e saboroso, se virou e partiu. Tinha muito a fazer naquele dia, não podia perder tempo.

Em pouco mais de uma hora, com várias paradas, se sentido cada vez mais incapaz de atingir seu objetivo, percebeu que corria contra a morte, chegava a pensar em reconhecer sua derrota, parar e aguardá-la.

Nesse ponto notou que estava na rua densamente arborizada do outro dia, onde a copa de uma árvore toca na copa da outra. O sol tímido não conseguia vencer o novo obstáculo: a arborização. Parecia noite.

Divisou o trem passando, soltando fumaça negra, o movimento de pessoas, caminhões e carroças, mais à frente o rio e a doca dos barcos a vapor.

Gargalhava, olhando para o alto, como se falasse com ancestrais há muito longe dos vivos, gritava: "Eu sabia, vocês tentaram me enganar; desta vez acharei meu passado."

Como vivalma passava por ali, não teve testemunhas para contar que viram um velho louco dançando, cantado e rindo.

Ninguém presenciou sua conquista. Fortemente influenciado pelo período em que estudou na França, lembrou Napoleão derrotando Kutuzov e Wellington. Gritou para a multidão que só ele via: "Venci como Napoleão, derrotei meus inimigos como ele derrotou os seus em Smolensk e Waterloo."

Suas lembranças eram avessas à verdade dos fatos, como era o instante que lhe entregava sua derradeira vitória.

Caminhou, passou pela doca das frutas, do carvão e chegou à da lenha. Conversou com Laura, que apareceu de repente: "Mãe, aqui comprávamos frutas. Lembra?" Como chegou desapareceu. Continuou sozinho.

Achou o barco que procurava, subiu uma rampa de madeira, entrou na embarcação que balançava. Um casal com rostos mal-intencionados o recebeu.

Falaram os dois ao mesmo tempo em tom de deboche: "Finalmente chegou, estamos lhe esperando há oitenta e seis anos. Morremos há muitos anos, mas não podemos sair daqui até você aparecer. Agora estamos livres para irmos para o Inferno. Sente-se. Seja breve, queremos partir."

Estranhamente pareciam felizes, devia ser pelo fim do cativeiro que lhes roubava a liberdade. Livres festejavam, depois pensariam sobre como conviveriam com outros mortos eternamente condenados.

Sentada sobre achas de lenha empilhadas, a mulher começou a palestrar. Falou muito, deu detalhes daquele dia distante, eram tantos pormenores que parecia ter sido um dia mais longo que os demais. Contou tudo que Adamastor pensava querer saber. Ouvia e se negava acreditar.

— Não queríamos nada além de vender a lenha e ir buscar mais. Eram sete horas da manhã, o dia era igual ao de hoje, quando vimos um vulto saindo do nevoeiro. Era um rapaz jovem com um bebê sem roupas, enrolado em panos. Chorava muito, sentia fome e frio, nasceu na madrugada. A mãe fugiu depois do parto. O pai, sem saber o que fazer, aceitou conselho de alguém e veio até nós. Nos deu um bom dinheiro para ficarmos com você. No dia seguinte vimos um homem pulando de barco em barco, procurava uma criança. Tínhamos uma e por bom dinheiro demos a ele.

Você nos deu lucro, só lamentamos perdê-lo porque quando fizesse seis anos nos ajudaria a empilhar a lenha.

O barco balançou, por pouco Adamastor não caiu no rio. O marido não fechava a boca desdentada, só ria, não parava de rir.

A parte seguinte do que Ethelka me contava eu conhecia, mesmo assim não a interrompi.

Nesse mesmo dia, por volta das oito da noite, afobada, chorando, Ethelka me telefonou. Entre soluços conseguiu dizer: "Archibaldo, venha logo, estou com o doutor Adamastor na Santa Casa de Misericórdia, corra!"

Teria morrido? Estaria morrendo? O telefonema angustiado foi pobre em informações. Admitindo que o encontraria moribundo pensei não valer à pena ir àquela hora.

O hospital fica no final da rua da Praia, pouco mais de um quilômetro de minha casa, preferi pegar um táxi, indo a pé demoraria mais e, talvez, não conseguisse vencer a ladeira no último trecho da caminhada, optei pela prudência.

Numa enfermaria com três fileiras de camas, lado a lado, doentes gemiam, tossiam, pediam ajuda a acompanhantes chorosos, enfermeiras sonolentas e médicos apressados.

Ethelka me aguardava. Ansiosa, pegou minha mão e fomos ao nosso doente.

Chegamos à cama indicada, a última da primeira das três fileiras, encostada na parede da sala. Pálido, muito pálido, respirando com ajuda de uma máscara ligada a um tubo de oxigênio, me olhou fixamente, fez um sinal para me aproximar, e no meu ouvido, bem baixinho, disse:

— Encontrei o passado, sou a encarnação de Girolamo Cardano.

Virou para o lado, fechou os olhos, fiquei sem saber se dormia ou morria. Sem o tubo de oxigênio, com a respiração cada vez mais lenta, dormiu.

— Foi salvo por um casal e pelo cartão com nome e endereço que coloquei no seu bolso, não fosse isso ele teria morrido — disse Ethelka.

Não falei que ela apenas mudara o lugar do que estava acontecendo e que logo terminaria. Elogiei a providência, era o que ela queria ouvir.

No dia seguinte foi levado de ambulância para o Hotel Versailles. Nunca mais falou, mantinha o olhar imóvel fixado em um ponto no teto, ou no Universo, cuja expansão à velocidade incompreensível a nós, era um de seus assuntos preferidos.

Impossível saber o que via. Pessoas radioativas? Humanos e não humanos juntos a todas as coisas subindo em estranhos aglomerados flutuantes? Humanos artificiais governando o mundo? Rinalda?

Com as indicações dadas por Ethelka fui onde ele foi encontrado. Não foi difícil chegar ao cais indicado. Não achei qualquer tipo de moradia flutuante, vi apenas um sugador retirando grãos de uma barcaça e transferindo-os para um silo.

Caminhei até a beira do cais e mais abaixo enxerguei uma embarcação onde, na popa, uma mulher estendia a roupa que acabara de lavar. Gritei:

— Foi a senhora que salvou meu irmão?

— Sim, eu e meu marido.

— Podemos falar um pouco?

— Claro, pule na barcaça, é só um metro.

Fiquei sabendo que quando a embarcação foi ancorada, os dois tripulantes, marido e mulher, ouviram gritos. Parecia uma briga, subiram ao cais e o que viram os deixou perplexos.

— No primeiro momento, disse a mulher, tive receio de me aproximar. Um homem muito velho parecia dançar, ia de um lado para outro dando socos no ar. Não havia ninguém à sua volta. Gritava coisas como "Mentirosos.", "Minha mãe sempre me amou.", "Jamais me abandonariam nesse barco imundo.", "Vou matá-los." Veio em nossa direção, rodopiou e caiu, foi quando chamamos a ambulância. Coitado, é a senilidade. Como ele está?

— Bem. Já voltou para casa.

— Recolhi o sobretudo de lã de vicunha e o cachecol de *pashmina* indiana, tudo legítimo; coisas raras e caras.

— Como a senhora sabe que é legítimo?

— Está na etiqueta, foram comprados em Londres, além disso sei distinguir lã de boa qualidade de poliéster.

— Obrigado.

— Então, boa sorte. Girolamo vamos entrar, o vento está cada vez mais frio.

Para um matemático era impossível não conhecer Girolamo Cardano. Caso o condutor da barcaça fosse chamado de Newton, Adamastor associaria o nome a ser a encarnação de Sir Isaac Newton. Deixei esse pensamento de lado.

6
CECÍLIA

Meu trabalho com os cadernos prosseguia, tentava buscar o oculto no meio da papelada desorganizada, separar a fantasia da realidade, preencher o que supunha faltar com minha imaginação, e, por fim, escrever uma história, que, como todas as outras terá começo, meio e fim, não necessariamente nessa ordem.

Nesse período incorporei novos hábitos à minha rotina: almoçar aos sábados no Hotel Versailles, ver filmes à noite no Conservatório e, auxiliado pela Cecília, dar os primeiros passos para usar o computador que herdei.

No início senti muita dificuldade, cheguei a admitir que seria mais um fracasso que incorporaria à minha extensa lista de insucessos. Não tive dúvidas: "Isso deve ser mais difícil que dançar." Apesar desta perspectiva realista, encarar pequenos desafios me animava.

Posso afirmar que com a ajuda de um fantasma e do filho de um padre louco eu era uma pessoa totalmente nova, diferente do ser casmurro de poucos meses atrás. Sentia-me destemido, sem qualquer receio de desafios e novidades.

Cecília e eu passamos ter convívio frequente. Orientado por ela decorei meu apartamento e comprei um forno de micro-ondas. Passei a sair mais de casa. Andávamos de braços dados como se fôssemos um casal.

No começo eu sentia vergonha, parecia que todos me olhavam e diziam coisas como: "Archibaldo se casou com a velha do Conservatório Musical Santa Apolônia. Coitado." ou "Pobre Cecília, merecia coisa melhor."

Íamos com frequência ao cinema. Na escolha do programa cada um cedia um pouco. Ela deplorava Woody Allen: "É tarado e os filmes são chatos", e eu as comédias românticas que ela adorava. Filmes antigos para mim eram os da década de 1920, os dela eram os Debbie Reynolds e Doris Day.

Ela gostava de ir a espetáculos no Theatro São Pedro, percebi que mais pelo teatro do que pelas peças e concertos que assistia, passava o tempo todo olhando para o teto, os lustres, as cortinas, as pessoas.

Numa noite muito quente fomos a um concerto da orquestra de câmara de sua antiga escola de música, Escola Superior de Música Arnold Schoenberg onde, por estudar acordeão, foi excluída da orquestra formada por colegas e professores.

— No programa teremos Haydn, Bartók e uma peça de vanguarda, *O dia*, de meu professor Karl Joseph von Hellmann, são quatro movimentos, cada um com trinta e cinco minutos: "*Amanhecer, Entardecer, Anoitecer e Madrugar.*" Ele tem cem anos e será o regente. Não é notável? Gostava muito de mim, chegou a começar a compor um concerto atonal para acordeão e orquestra, teve um pequeno derrame e nunca concluiu.

Uma pena, hoje eu poderia estar transcrevendo música dodecafônica para bandoneon e acordeão.

O programa não era de meu agrado. Não falei nada e busquei me vestir de acordo com a temperatura do dia e a importância do que faria. Vesti uma das camisas recém-compradas, peguei uma com três listas horizontais coloridas.

Quando Cecília me viu, ordenou aborrecida:

— Deixe essa para o Carnaval, coloque o terno do enterro de seu irmão.

Em momento de profundo desagrado as mulheres tornam-se autoritárias, mesmo a doce Cecília.

Obedeci, mudei a camisa, coloquei uma branca de lã; a de algodão estava secando.

Fomos a pé, caminhamos uns quinhentos metros, subimos a rua da Ladeira, cheguei suado, lá suei mais, o velho teatro não tinha ar condicionado. Esse desconforto não seria nada ante os cento e quarenta minutos da peça dodecafônica do professor.

Ele regeu sentado, mas com grande vigor e liderança sobre os doze músicos da orquestra. A batuta subia e descia, ia de um lado para outro, quando levantava parecia espetar um inimigo, quando baixava se curvava um pouco e a retirava de um cadáver imaginário. A plateia era grande para aquele programa e diminuta ante um concerto sinfônico com música mais acessível.

Observei apatia nos músicos, talvez preferissem estar tocando Vivaldi ou em casa dormindo. Única exceção era um menino que tocava uma tuba maior que ele. Sua participação era pouca e curta, mas com entusiasmo não visto em seus colegas, quando menos se esperava ele entrava com som alto e grave, como que tentando acordar os outros onze músicos.

Era um concerto para intelectuais e antigos alunos que lembravam com carinho do mestre. Eu não pertencia nem a um nem a outro grupo, era apenas alguém sem educação musical avançada para estar ali.

Um pouco surdo e distraído, o maestro voltou atrás na partitura duas vezes, em vez de avançar a página, recuou, ainda tocou um trecho de traz para frente. É verdade que nesse tipo de música isso não faz muita diferença. Fez o mesmo que fiz com a Lei de Newton.

Enquanto eu pensava na sorte de minha amiga, o maestro não ter concluído o seu concerto para acordeão, ela, com emoção sincera, retirava com um lencinho branco lágrimas que escorriam pelo seu rosto delicado.

— Lindo, não?

— É. Gostei.

Arrependido desse comentário, resolvi dizer o que pensava, sem mentiras. Falei sem preâmbulos; poderia mencionar minha ignorância musical, inventar uma surdez, dizer qualquer coisa para não magoar Cecília com meus comentários.

Em convívios sociais é preferível evitar a verdade, a probabilidade de ela magoar alguém é maior que a da mentira. A verdade deve ser reservada aos inimigos.

— Pareceu que ele compôs uma sinfonia, digamos normal, depois recortou as pautas em pequenas tirinhas, misturou tudo e as colou aleatoriamente. Tuba em orquestra de câmara? Não gostei do gordo baixo que seguia a tuba, como não gostei daquela cantora magra, a soprano, que gritava como que pedindo socorro. Participavam como intrusos. Pareceu que os dois saíram da plateia aproveitando a distração do condutor e se intrometeram onde só deveriam estar os músicos. Algo como se durante a parte coral da *Nona Sinfonia* alguém entrasse sem ser convidado cantarolando a *Habanera* de Bizet.

Sem dizer nada, Cecília parou de caminhar, enquanto eu continuava andando e falando. Quando notei sua ausência, já estava distante uns cem metros dela. Retornei rápido.

Ela chorava em silêncio, choro sentido, carregado de mágoa. Imaginei que a tristeza se devia ao aparecimento de má recordação sobrepondo a emoção em ouvir *O dia* de seu querido professor.

Abracei como se abraça a mãe, enxuguei as lágrimas, ela me empurrou e tomada de forte emoção desandou a falar:

— Gosto de você, mas é difícil suportar sua hipocrisia e falta de educação musical. Disse que gostou, depois teceu comentários cruéis. Nunca disse que suas camisas eram horrorosas, nem desmereci o vendedor que lhe empurrou aquelas vestimentas de carnaval. Você desmereceu meu professor, todo o mundo conhece e respeita o professor Von Hellmann. A parte lírica que você ridicularizou foi um belíssimo dueto em contraponto com a tuba, com dois dos nossos mais importantes solistas.

Quando chegamos, ela entrou no seu apartamento e bateu a porta sem se despedir.

Eu tinha o hábito de cantarolar trechos das músicas que ouvia em concertos, dessa vez não consegui. Não encontrei nenhuma linha melódica na complexa composição do grande maestro. Seria por causa dos danos que a idade causou no meu cérebro? Ou pela minha intrínseca mediocridade?

Após dois dias, Cecília veio me ver. Sensível, me abraçou como se abraça um moribundo:

— Desculpe, fui grosseira, ninguém precisa gostar de música dodecafônica. Na Escola de Música, os outros professores implicavam com a música de Schoenberg e de Hellmann, inclusive muitos protestaram quando ele foi diretor e mudou o nome do Conservatório Mozart para o atual.

— Você está certa, não consigo ir além de Schostakowitsch e prefiro Hopper a Pollock. Não sou intelectual. Tentei ser agraciado com o título, ele é importante na universidade, mas não consegui. Hellmann é demais para mim, feliz você que gosta da que será a música do futuro.

Fomos passear de mãos dadas. Começávamos a precisar um do outro.

Fora o dodecafônico concerto, combinávamos em quase tudo. Convivíamos bem, eu aceitava sua liderança, ela tinha mais a me ensinar que eu a ela. A seu pedido parei de ver Woody Allen e ler Philip Roth. "Eles fazem mal à saúde."

— Só veremos filmes alegres, você lerá coisas que não mexam com sua cabeça. Aí está toda a coleção do padre Marciano Grossi, isso sim é literatura, deixa você leve, esperançoso.

Com muitos alunos, além do acordeão, passou dar aulas de bandoneon, deixava tempo livre para eu ler o que gostava e continuar indo ao clube de cinema. Num dia não resisti e falei:

— Cecília, passará no sábado *Ascensor para o cadafalso*, de 1958, em preto e branco, rodado em fita barata, com a câmera balançado. Já vi cinco vezes. Poderíamos ir.

Fiquei sem reposta. Entendi como não.

Não mandou eu jogar fora meus livros, então os conservei. Tendo medo de tudo, agora começava a ter medo de perder a que será a segunda e última mulher de minha vida – a primeira seria sempre Rinalda.

Lia escondido como um menino fazendo travessura, Cecília poderia chegar a qualquer momento, ver o que eu fazia e me repreender. Comecei a reler Camus.

Gostaria de dividir com ela o começo de *L' étranger*: "*Aujourd'hui, maman est morte. Ou peut-être hier, je ne sais pas.* ("*Hoje mamãe morreu. Ou talvez ontem, não sei bem.*")

Seria bom comentar com ela o enterro da mãe de *monsieur* Meursault em um asilo nos confins da Argélia, e a condenação de seu filho à guilhotina. Contive-me.

Por precaução não a levava aos almoços no Versailles, poderia despertar algum mal-estar com Ethelka. Ciúmes? Talvez. Eu não esquecia que ali, naquele simulacro de hotel, estava o meu futuro, a menos que uma abençoada morte súbita evitasse esta trágica perspectiva.

Cecília queria saber mais sobre mim, eu relutava em falar e me tornar ridículo perante a pessoa que mudara tanto minha vida. Cheguei a pensar em contar histórias antigas que causavam impacto aos ouvintes de minha infância, até mesmo o meu mais importante segredo, a paixão por Rinalda.

Como eu não nada dizia, deixava espaço para ela pensar o que quisesse de mim. Sua alma generosa fugia de julgamentos impiedosos. O natural seria mergulhar em reflexões sombrias: Seria o vizinho viciado em ópio, parricida, assassino em série, pedófilo, político?

Qualquer coisa que eu falasse poderia dar pistas desabonadoras. Ela poderia descobrir o decreto do governador do estado publicado quando eu tinha seis anos de idade, ainda em vigor, proibindo me aproximar de jardins de infância.

Alegre, como era seu modo de ser, chegou eufórica.
— Vamos fazer uma viagem.
Tremi, mas na certeza que aquilo era apenas para puxar uma conversa, respondi:
— Pode ser uma boa ideia.
— Você me falou que seu grande sonho é ver o Peñarol jogar no Estádio Centenário, poderíamos realizá-lo.
Sempre tive medo de pessoas com iniciativas abrangentes, as que incluem outros em seus planos, como era o caso de Cecília. Não via isso como um defeito, também não via como uma virtude, de qualquer forma estava longe de ser algo aceitável.

Ainda não estava recuperado da sinfonia *O dia*, a mais longa que tinha notícia. Era inevitável lembrar o nome de seus movimentos, demoraria muito até que aqueles acordes estridentes saíssem de minha cabeça, ou que encontrasse uma linha melódica na composição do maestro.

Passaram algumas semanas, chegou o inverno, de repente Cecília invade meu apartamento com alguns papéis na mão direita levantada.

Não deu tempo para eu pensar o que seria aquilo.
— Atenção! Os bilhetes para Peñarol e Nacional no domingo, as passagens de ônibus, partiremos na sexta-feira à noite, e o *voucher* do hotel para duas noites. Chamarei o táxi para às sete horas.

Alegre como uma criança no dia de seu aniversário, voltou logo para sua casa. Não há nenhum exagero em dizer que fui tomado por pânico como jamais havia sentido e, olhem, passei os últimos cinquenta anos com medo de tudo.

A única coisa que me dava segurança era cumprir o mandamento do meu pai: "Nunca ultrapasse as divisas do estado, é perigoso e não vale a pena." Fui mais longe, restringi meus passos às fronteiras da cidade e me sentia seguro.

Passei a noite na poltrona verde, com a luz apagada. Não queria limitar meus temores, acreditava que eles indicariam como sair daquela situação.

Apareciam imagens do ônibus com as rodas presas num atoleiro, eu e Cecília no mesmo quarto do hotel, ela roncava, eu roncava. A população hostil me perseguindo pelas ruas de Montevidéu, eu correndo sem conseguir alcançar um abrigo. Nada, absolutamente nada do que eu imaginava, via e sentia, era compatível com um agradável fim de semana.

Fiquei muito tempo imerso em um amontoado de pensamentos que sabia serem absurdos, mas que me dominavam. Cheguei a ter certeza que o professor Karl Joseph von Hellmann iria e dormiria conosco. No hotel pediria um piano, que seria colocado no pequeno quarto com três camas obstruindo a passagem para o banheiro.

Ter medo de tudo é doença comum às pessoas de bem, ela vem acompanhada da covardia.

Se tivesse um vestígio de coragem, poderia dizer: "Não, não irei de modo algum. Se quiser vá sozinha, se não quiser, leve o Hellmann."

No meio do turbilhão de ideias absurdas surgiu a salvação. Viagem a outro país exige passaporte e eu não tinha um, não poderia tirá-lo em apenas dois dias. Munido dessa solução corri ao Conservatório Santa Apolônia.

— Estou desolado, nem sei como dizer isso. Não poderei ir, não tenho passaporte.

— Não se preocupe, não há necessidade.

Ela tinha saída para tudo; só me restava tomar tranquilizantes e arrumar a mala.

Não disse nada, me contive e organizei a bagagem. Coloquei entre as roupas a velha gramática de espanhol do tempo do colégio, receava não lembrar os verbos — isso começava me preocupar. Levei roupas de inverno para três dias e uma enorme quantidade de remédios.

— Adamastor o táxi chegou; desça.

— Que elegância! Sobretudo de vicunha e *pashmina* de *cashmere*, parabéns!

— Como você sabe que são desses os tecidos?

— Bobinho, sei distinguir tecidos finos dos populares.

Na volta jogaria fora as camisas coloridas que comprei. Percebi que a fibra natural produzida há milênios pelos indígenas peruanos é tida em Porto Alegre como de qualidade inferior, daí pagar três camisas e levar quatro. Farei uma ampla pesquisa sobre tecidos e irei às compras.

Por que viajar à noite? De dia poderíamos ver a paisagem, como na viagem que fiz com meu pai há mais de cinquenta anos.

— Sente na janela, costumo ir ao banheiro várias vezes quando viajo.

Deu vontade de dizer: "Eu também." Viajaria sem a vista dos arrozais, pastagens, lagoas e com o acesso ao banheiro dificultado. Uma preocupação a mais se juntou a dezenas de outras.

Ainda estava escuro quando chegamos. Agradeci a Deus as roupas do meu irmão, sentia o vento frio apenas no nariz.

Inevitável pensar nele congelado se espatifando no momento que alguém esbarrasse comigo, e eu agachado juntando os cacos na esperança de uma reconstituição.

O desconforto que sentia era culpa minha, quando fez a pergunta sobre meu sonho não realizado, deveria examinar todas as variáveis envolvidas no problema, não teria dificuldade, afinal estudei matemática, e responder: "Assistir uma final do campeonato de sumô em Narita."

Nada teria acontecido e eu estaria na minha poltrona lendo Frankenstein de Mary Shelley, vendo futebol na TV ou, sentado, me espichando para tentar ver a paisagem que perdi quando comprei aquele móvel verde. À medida que a poltrona deixava de ser novidade aumentava a saudade da antiga vista.

No hotel recebi uma boa notícia, o empregado da portaria entregou uma chave para mim e outra para minha companheira. Fui dormir. Cecília foi para o cassino. Não sei onde arranjava tanta energia, devia ser pouco mais moça que eu, mas com um vigor que deixei de ter aos vinte anos.

O primeiro dia no exterior passou mais calmo do que eu esperava. Dormi pouco mais que o habitual, tomei o café da manhã quando já estavam fechando a porta do restaurante.

Munido da gramática de espanhol saí, antes dei uma passada no cassino no subsolo do hotel, procurei Cecília no meio de densa fumaça, não encontrei. Um funcionário me disse que a senhora idosa saíra há pouco e que ganhou muito dinheiro na roleta.

— *La viejita es muy afortunada.*

Melhor assim, ela iria dormir e eu caminharia sozinho. O arrojo dessa decisão me surpreendeu, sair à rua em terra estranha, de gente inimiga, falando língua estrangeira era demais para mim, rompia de uma só vez com toda prudência que me manteve aprisionado à minha cidade.

Ruas muito limpas, pessoas simpáticas, cafés convidativos, nada intimidador, e o mais interessante, tudo me parecia familiar.

Dia frio, sem vento, sem chuva, o sol tímido parecia pedir desculpas por não aquecer. Não tinha importância, ele cumpria bem o seu papel de espantar a cerração e compor o dia.

A caminhada não trazia reminiscências, nunca passara por ali, mas estranhamente me sentia leve, dobrava esquinas sem medo.

Pensei no meu pai, protetor, só querendo me fazer o bem, indicou um pequeno território para eu viver, buscar a felicidade e ficar protegido de hostilidades alheias.

Entrei num café, me sentei numa mesa perto à entrada, junto à enorme vidraça por onde podia ver pessoas caminhando pelo passeio, todas bem-vestida e aquecidas.

Pedi um café, a música de fundo estava na altura agradável e era a mesma que Cecília ensinava aos seus alunos — música "criola".

O conselho de meu pai não saia da cabeça. Como imaginava ele não ser louco, só querer me proteger, devia haver algum sentido na sua precaução.

Meia hora após sentar e tomar meu café, comecei a ficar nervoso. Ocorreu-me que aquela gente podia ser dissimulada, o chimarrão que me ofereceram estava envenenado. Levantei-me bruscamente, paguei e saí.

Tentei colocar para fora o que havia ingerido naquele matadouro de turistas, não consegui, só restava apertar o passo, chegar ao hotel, me deitar e aguardar a morte. No *lobby* do hotel os empregados me olhavam e riam, devia pensar: "Mais um invasor eliminado."

Passei o resto da manhã e toda a tarde no meu quarto, tentando afastar pensamentos aterrorizantes. Cecília devia estar se recuperando da extenuante noitada no cassino.

Pelas seis horas da tarde bateram na minha porta. Fingi não ouvir. "Acorde, vamos sair." "Já desço." Só então dei conta que passei o dia sem ver Cecília.

O ataque de pânico estava inteiramente superado, devia me controlar, jamais poderia ser dominado pela paranoia na frente da Cecília.

Era respeitado por ela desde que viu minha capacidade de tomar decisões importantes na ida ao necrotério, na autoridade que exerci quando disse no cemitério: "Ninguém", quando aceitei o pedido para açoitar nosso vizinho Ladislau, e na rapidez em agir quando joguei fora o banquinho com cheiro de urina. Iria ao extremo no meu autocontrole — não decepcionaria minha amiga.

Caminhamos no meio da neblina, ela me falando da sorte na roleta e eu do dia agradável que tive, andando por ruas arborizadas, percorridas por gente simpática, e entrando em cafés acolhedores. Não mencionei o espanto das pessoas me vendo correr pelas ruas, olhando para a frente, para os lados e para trás como estivesse fugindo de um agressor — visto só por mim.

— Cecília, o porteiro de nosso hotel disse que falo muito bem o espanhol e não precisei da gramática que trouxe.

— Parabéns!

Achamos um restaurante italiano, tomamos vinho e cada um detalhou o que fez nesse primeiro dia em terra estrangeira. Eu repeti o que já havia contado e ela meu deu detalhes de sua noite vitoriosa.

— Apostei sempre no mesmo número, alternando *rojo con negro*.

Voltamos abraçados para melhor nos abrigarmos do frio. Eu assobiava qualquer coisa quando o excelente ouvido de Cecília se manifestou: "É a sinfonia do professor Von Hellmann!" Deu um beijo casto e alegre.

Coisa estranha a felicidade. Cecília pensava que aquele momento se eternizaria, eu sabia que ele acabaria com a primeira palavra dita fora de hora, ao primeiro sinal de prisão de ventre ou com uma discordância sobre uma irrelevância qualquer.

Chegando ao hotel fui para o quarto e ela para o cassino. Seria jogadora compulsiva? A sorte de um dia não se repete noutro, perderia tudo, entregaria os ingressos e as passagens de volta para não ser espancada pelos credores, sorrateiramente roubaria meu dinheiro. Nunca mais voltaríamos para casa.

O vinho fez efeito e dormi uma noite maravilhosa. Sem sonhos nem pesadelos.

Finalmente o grande dia. O terceiro mais importante de minha vida. Maior que ele só o dia em que conheci Rinalda, tão distante e tão presente, e o da demonstração do teorema de Fermat.

O sonho de todas as fases da minha vida estava prestes a ser realizado, veria o Peñarol jogar no Estádio Centenário. Não mencionei que o vira jogar várias vezes, mas nunca em sua casa.

Saímos cedo do hotel e fomos caminhando, não era longe. O dia estava magnífico, o céu claro, sem nuvens, abria caminho para sol nos aquecer, o vento sul reduzira seu ímpeto como que entendendo que aquele era um dia especial.

Eu vestia uma camiseta com listas pretas e amarelas que ganhei de minha amiga, bem maior que meu tamanho. Parecia uma saia que eu colocara sobre a calça. Sentia vergonha. Alguns torcedores ao passarem por nós riam, risos alegres sem ironias pelo ridículo da vestimenta.

Nos sentamos em uma excelente posição, Cecília escolhera bem os assentos, vimos a preliminar com times juvenis do Peñarol e do Nacional, que fariam o jogo principal.

O meu time ganhou; voltamos a pé para o hotel. Cecília falava sem parar, eu repetia agradecimentos por esse dia.

Pegamos o ônibus de volta para casa às onze horas da manhã do dia seguinte. A viagem foi bem mais agradável que a noturna, ela dormia e eu via a paisagem: o pampa com suas coxilhas e planícies a perder de vista, amareladas pelas geadas de inverno, mas nem por isto menos belas que as verdes do verão.

Na chegada, no táxi, ela me disse:

— Vamos viajar mais.

Não me preocupei com a sugestão, me sentia um cidadão do mundo, tinha ido ao exterior, convivido com pessoas diferentes, falado língua estrangeira sem precisar de dicionário nem de gramática. Os nativos pareciam me entender sem dificuldade.

— Sim, foi uma boa ideia, vamos viajar mais.

Momentos de paz frequentemente são seguidos por outros preocupantes, esse não foi diferente.

Três dias após o retorno, Cecília chegou afobada, chorando, mais gritando que falando:

— O professor Karl Joseph von Hellmann morreu. Seu corpo está na capela treze do cemitério onde foi enterrado seu irmão, Adamastor. Vamos logo.

Nos vestimos do mesmo modo de quando fomos ao necrotério e ao enterro anterior. Sem combinar, sem pensar, escolhemos aquelas como roupas para reverenciar os mortos, era como se estivéssemos avisando a todos que nos conhecessem: "Prestem atenção, queremos ser enterrados com estas roupas."

Na capela estava tudo conforme o esperado, caixão com o morto bem-vestido, penteado, parecia ter mais cabelo que em vida, com a batuta entre as mãos cruzadas sobre o peito, quatro enormes castiçais de prata com velas acesas, muitas coroas registrando a eterna amizade com o defunto.

Recebia homenagem de alunos, funcionários e colegas da Escola Superior de Música onde lecionou por toda a vida e se aposentou como professor titular de Composição e Regência.

Os presentes, mesmo os que não o conheciam nem sua obra, exaltavam suas virtudes. Passavam a impressão dele ser um homem sem mácula.

Ficamos lá até às oito horas da noite, quando um funcionário nos mandou embora.

— Sentimos muito, mas eliminamos velórios noturnos. Os mortos passam a noite sozinhos, o que é uma lástima. Os frequentes assaltos nos obrigaram a isso. Os ladrões levam tudo de vivos e de mortos. Roubam caixões, deixam os cadáveres de cueca, às vezes nus, uma tragédia. Reabriremos às oito horas da manhã.

Cecília e eu retornamos às dez horas, o enterro seria no meio da tarde. Pouco a pouco foram chegando mais pessoas, por volta do meio-dia a capela estava cheia.

As conversas eram as mesmas do dia anterior, lamentos por ter ido tão cedo, exaltações à sua música e ao seu caráter. Pelos comentários deu para perceber que poucos ouviram suas composições, e menos ainda gostaram.

Uns diziam que *O dia* lembra Bach, alguns o consideravam o último dos românticos, um afirmou ser ele superior aos russos do século vinte, um aluno disse que ninguém poderia tirar-lhe o mérito de introduzir a tuba em cameratas. Um professor com feições cínicas completou as lembranças elogiosas com comentário que poderia ser considerado irônico: "Deveria ter ido para os Estados Unidos, teria ficado rico compondo para musicais da Broadway."

Cecília não se conteve:

— Hipócritas, invejosos, daqui a milênios quando estudarem a música do século vinte ele será lembrado. A sinfonia *O dia* é um inspirado desdobramento das *Quatro estações*. Ele e Vivaldi estarão unidos para sempre.

— Amém.

Disse o pastor luterano pensando ter ouvido uma oração em louvor do homenageado.

Um homem gordo e velho, antigo professor de harpa, especialista em música folclórica finlandesa, comentou com outro, cochichando junto ao ouvido: "Que perda de tempo, em quarenta anos teve não mais de sessenta alunos no curso de composição dodecafônica, e trinta e poucos no de tuba. E ainda me passou para trás no concurso para professor titular."

Seu interlocutor completou: "Uma idiotice mudar o nome da escola de música. Um nome pomposo para aquelas três salas pequenas, só poderia ser coisa de megalomaníaco."

Ouvi com naturalidade. No mundo acadêmico a inveja é a tônica. Quando demonstrei o teorema de Fermat recebi poucos cumprimentos.

Quase na hora de fechar o caixão, Ethelka chegou afobada. Cecília me perguntou se eu a havia convidado. "No outro enterro ela me disse que adora cemitérios. Deve ler avisos fúnebres e comparecer."

— Ethelka, que bom vê-la. Mais um enterro, não é?
— Archibaldo! Você conhecia o Karl?
— Fui apresentado a ele pela Cecília, sua ex-aluna.
— Olá, Cecília. Sou prima dele, meu nome é Ethelka von Hellmann. Adoro sua música; suave, romântica, as *berceuses* são lindas, compôs uma para mim quando nasci. Fui ninada com música de nosso maior compositor. Archibaldo, aquela linda folhinha que te mostrei, foi presente dele.

Pediu licença, se aproximou do caixão, levantou o corpo frio, enrijecido, lhe deu um forte abraço e o pôs de volta à posição inicial.

— Você colocou o que embaixo do corpo? Uma *Bíblia*?
— *Mein Kampf*.

O pastor lembrou que sua alma imortal já estava no paraíso, deliciando o Senhor com sua música angelical e levando alegria a anjos e arcanjos. Comparou a cena ao grande evento que foi a chegada de Bach ao paraíso.

Terminada a cerimônia religiosa, os presentes, aos pares, se organizaram em uma fila, apenas eu tinha duas companhias, uma de cada lado, que seguiu o caixão até o jazigo; mais louvações, mais lágrimas.

A procissão, encabeçada pela banda de música do orfanato onde Von Hellmann lecionou, caminhava lentamente ao som de um *pot-pourri* entremeando composições do homenageado à marcha fúnebre de Beethoven. Atrás ia o caixão, carregado por seis alunos do Conservatório, encerrando o cortejo íamos nós que honrávamos sua memória.

Um invejoso, sussurrou no ouvido de outro invejoso: "Pobre Beethoven." Felizmente minhas companheiras não escutaram, ou fingiram não escutar, o ofensivo comentário.

Para dar tempo de ouvirmos toda a música, a procissão em vez de ir direto ao jazigo, serpentou por alamedas, entre sepulturas. O percurso foi alongado em dez minutos, impondo enorme sacrifício aos mais velhos.

Chegando ao jazigo, funcionários se equilibrando em uma escada com rodas, colocaram o caixão na gaveta da família Von Hellmann, no quarto andar da parede dos túmulos.

O silêncio foi rompido bruscamente, não havia previsão para isso. A soprano esquálida, a do concerto, começou a cantar a segunda parte do quarto movimento, "Madrugar", da sinfonia *O dia*.

Sem comentários, o grupo se desfez; ficamos para acompanhar a colocação da lápide apenas Ethelka, Cecília, eu e a soprano; em alguns minutos demos por encerrada a cerimônia e fomos embora. Ao longe ouvíamos os últimos acordes da cantoria, acompanhada pelo som da pazinha alisando o cimento que fixaria a pedra tumular.

— Desnecessária essa homenagem; ninguém a convidou. Foi sua amante. Ele teria deplorado aquela música. Nada tinha a ver com sua obra. Parecia Bartók. — disse indignada sua parente.

Deu para observar sinais de rancor aflorarem nas feições da Cecília:

— O professor era um homem de paixões profundas, jamais teria uma com aquela aventureira.

Ethelka rebateu:

— Cecília, os gênios são dados a amores fugazes. Há um boato que ele engravidou uma aluna. Nada disso o desmerecerá ante a história da música.

Cecília corou. Ethelka, percebendo o mal-estar causado por aquela conversa, mudou o assunto:

— É ali, junto a ele, que passarei a eternidade. Lindo, não acham?

Nos despedimos. Apesar do que ouviu de Ethelka, Cecília se sentiu feliz ao conhecer a ligação entre ela e seu querido professor.

Cecília percebeu que nunca, jamais, em tempo algum alguém apreciou a música do discípulo espiritual de Arnold Schoenberg.

— Que folhinha é essa que ela falou?

— Uma muito antiga, com fotos de castelos germânicos. Para ela tem valor sentimental.

Pela manhã bem cedo Ethelka me ligou:

— Compre *O Correio das Notícias*, leia a matéria sobre meu primo e me ligue.

Saí para minha caminhada. Na banca de jornais da praça da Alfandega comprei *O Correio*. Sentei-me em um banco e fui direto aos obituários, não encontrei nada que interessasse. Folheando o jornal, na coluna social de Célia R. encontrei o que procurava. Meia página dedicada ao maestro e ao Hotel Versailles.

Na primeira parte tecia incríveis loas ao maior compositor do século vinte. Amigo de Bernstein, Prokofiev, Sibelius e de outros contemporâneos ilustres. O pouco conhecimento de sua obra se devia à vanguarda nela contida: "Von Hellmann esteve à frente, muito à frente, de seu tempo."

O texto seguia com o que interessava à Ethelka.

"A cidade tem um hotel butique, o Versailles, pouco conhecido, escondidinho na aprazível rua da Conceição, pertinho da igreja. Um pequeno monumento ao bom gosto, esse lugar encantador pertence à prima do ilustre morto, Ethelka von Hellmann. Dentre seus hóspedes estão o embaixador Asdrubal Colombo de Almeida, conhecido como o pacificador do Burundi, o coronel Winston Rocha que afastou o perigo vermelho de nossa cidade, e o insigne cientista Adamastor Gonçalves Beltrão, recentemente falecido.

O encantador ambiente de entrada no majestoso prédio centenário, sala de estar, restaurante e bar, receberá o nome de "Espaço Maestro Karl Joseph von Hellmann." Avisarei dia e hora do descerramento da placa comemorativa. Todos lá à derradeira homenagem ao grande músico. *À très bientôt, mes chers amis.*"

Gostava de ler colunas sociais, achei essa meio pedante, mas Célia R. era assim.

Liguei para Ethelka, cumprimentei-a e acabei aceitando o convite para almoçar com ela, a "rapaziada" e Célia R..

7
A FAMÍLIA

Apressa em contar a vida de Adamastor Gonçalves Beltrão, me fez iniciar essa história por seus últimos dias. Fiz o mesmo que ele de maneira confusa quis fazer: buscar seu início, sua origem, adiou tanto que com o passar dos anos ele se misturou ao seu fim.

Não tinha como escrever sobre sua infância sem conhecer sua velhice. Ela despertou minha curiosidade em procurar pessoas, se é que ainda existiam, que pudessem falar de tempos remotos, complementar o que eu sabia.

Procurei parentes, filhos de nossos primos, vizinhos, contemporâneos de colégio. De pouco valeu minha busca.

As mais longas e lúcidas conversas foram as que tive com a babá de meu irmão. Ela estava com mais de cem anos. A encontrei no hospício São Pedro, onde passou a maior parte de sua vida. Era chamada respeitosamente por loucos, enfermeiros e médicos de *fräulein* Lotte.

Cuidou de Adamastor desde seu nascimento até os quatro anos. Com memória extraordinária, me deu informações preciosas sobre esse período tão importante à vida de todos nós.

Aprendi com doutor Starosta que adultos são apenas invólucros que escondem as crianças que foram. Repetidas vezes pedia para eu contar minha relação com Rinalda. Queria sempre mais detalhes, como era isto ou aquilo, e dizia: "Aí está origem de tudo. Sem ela você seria uma pessoa normal. Não seria meu paciente."

Como a de todos nós, essa história, repito, tem começo, meio e fim. Nessa os fatos são apresentados do fim para o começo.

Assim são conhecidas as vidas dos grandes vultos, elas só são contadas depois de seus feitos. Primeiro aprendemos como ocorreu a descoberta da América, depois queremos conhecer a vida de seu descobridor.

Meu único propósito é imortalizar a vida e a obra de Adamastor Gonçalves Beltrão, meu irmão e cientista de renome internacional.

O pequeno, o miúdo como lhe chamava o avô, foi entregue aos avós no seu segundo dia de vida. A criança foi batizada e recebeu o nome do pai de seu pai, Adamastor Gonçalves Beltrão, o sobrenome alemão da avó o escrivão não entendeu e não anotou. O da mãe sequer foi cogitado. Os velhos pouco falavam sobre esse ou outros assuntos.

Ele chegou de Portugal aos nove anos de idade trazido por conterrâneo abastado que precisava de um auxiliar para as tarefas pesadas. A natureza lhe deu tenacidade, com ela superou obstáculos intransponíveis aos fracos, prosperou e tornou-se respeitado na cidade.

A avó chamava-se Helga von Hellmann. Seu pai era músico, diferente dos demais imigrantes alemães que eram agricultores e artesãos.

Helga era econômica em palavras e afeto. O neto mais novo não recebia atenção especial. Sempre calada, só falava, e muito, quando recebia suas parentas. Conversavam em alemão por horas, língua em que se sentia à vontade.

A visita mais frequente era sua irmã Ilka, que morava próximo, vinha sempre acompanhada de uma filha abobalhada, Ethelka, que teria uns quinze anos com idade mental de oito. Era gordinha e gostava de rolar no chão; quase não falava e ria de maneira esquisita, mostrando dentes acavalados.

Seu outro filho, Johann, era louro, alto, atlético e operário, como o pai.

Uma ou duas vezes por ano outros parentes apareciam por lá. A visita mais frequente era uma outra irmã que continuou morando perto de seus pais e sequer falava português, Frida von Hellmann.

Casou-se com um mestre da escola chamado Adolf Westfalen, que foi membro influente da célula local do Partido Nazista brasileiro.

Chegava à casa da irmã sempre acompanhada do filho mais velho Karl Joseph, que tocava tuba na banda do colégio.

Ilka e sua família moravam num bairro industrial, feio e sujeito a enchentes. Raro o ano em que não ficavam isolados do resto da cidade, cercados de água por todos os lados.

Viviam numa casa modesta, de madeira, muito bem cuidada tanto por dentro quanto por fora. Assentada sobre pilares de tijolos, um metro acima do terreno, tinha acesso por uma escadinha com três degraus. A intensão em elevá-la acima do solo era buscar proteção para as cheias do rio, funcionava bem para as pequenas e médias enchentes, mas era ineficaz para as maiores, felizmente raras.

As chuvas caíam com mais força no inverno, o que piorava a situação dos que moravam por ali. Ilka era previdente, aos primeiros sinais de temporal enchia a dispensa para que sua família não passasse dificuldades, pelo menos por duas semanas. Alguns vizinhos tinham botes embaixo das casas, eles não.

No fundo do terreno cultivavam hortaliças e criavam galinhas, na frente fizeram um pequeno jardim com flores e anões de barro pintados com diversas cores. Uma cerca de madeira pintada de verde-folha, a mesma cor da parte externa da casa, separava a propriedade da rua. O conjunto era simples e agradável. O mesmo não podia se dizer da vizinhança: fábricas, oficinas, depósitos e ausência de iluminação pública.

Relevavam isso, afinal estavam bem melhor que na colônia. Em meio do barulho, da fuligem e da poeira, viviam com conforto.

Ao contrário da casa da irmã com mais posses, a de Ilka transmitia tranquilidade; parecia dar boas-vindas aos visitantes.

Eram felizes. Sem maiores ambições que conservar suas conquistas. Não havia perspectivas negativas à frente, a não ser as que o próprio Deus provê. O patriarca sempre lembrava: "O marido de sua irmã deu um passo maior que as pernas e acabou no que acabou." Elogiava a própria prudência.

Ethelka, que poderia ser uma preocupação não era, nasceu assim porque Deus quis. Se fosse filha de outra família poderia ir para um hospício ou ser submetida à moderna lobotomia, muito utilizada em todo o mundo por quem tinha parentes como a menina.

Ela fazia bem os trabalhos domésticos, cuidava da horta e das galinhas, era muito apegada a elas, quando uma era sacrificada chorava e não almoçava. Juntava com cuidado os ovos, punha numa caixa de papelão cheia de palha e saia vendendo pela vizinhança.

A mãe achava isso bom, dava alegria à pequena Ethelka e rendia um dinheirinho. A falta de ovos para o próprio consumo era resolvida de maneira simples. Uma vez por semana a menina ia à rua da Conceição comprar ovos com pequenas rachaduras, perfeitos para serem fritos e usados para fazer bolos, só não dava para cozê-los em água quente.

O comerciante, viúvo e sem filhos, se afeiçoou à pequena. Um dia a agarrou sem resistência, rolaram no chão do escritório, ele gemia e a pequena ria da brincadeira. A velha secretária era pessoa discreta.

Ethelka gostou do brinquedo, pediu para ir buscar ovos duas vezes por semana, a mãe não achou ruim, ainda mais que passaram a ser dados e não vendidos.

Deus quis que ela engravidasse. Teve uma menina que recebeu o nome da mãe. A criança cresceu saudável, o tio Johann gostava de dizer: "Não é abobada como a mãe."

Deus quis que Ethelka partisse cedo; morreu quando sua filha tinha seis anos.

Ethelka, a mãe, pegou coqueluche. Tossiu três dias sem parar; tomou chá de guaco de hora em hora, teve uma gigantesca diarreia, a maior já vista na redondeza, ficou fraca e se foi para sempre.

Quando Ethelka, a filha, fez dez anos apareceu um advogado para informar que seu pai morrera deixando de herança a casa onde morava, em frente ao seu armazém de secos e molhados. Desfeito o mistério do nascimento da neta, a avó não se conteve:

— Foram os ovos, foram os ovos. Bendito seja Deus!

Johann atribuiu o milagre da herança às galinhas.

Fora estas visitas, a avó de Adamastor ficava durante todo o dia em uma cadeira de balanço olhando a parede coberta de musgo da casa ao lado, distante uns três metros de sua janela. Assim ela passou seus últimos vinte anos; morreu com noventa. Usava vestidos cumpridos até os pés, como fora moda na sua juventude, confeccionados pelas filhas em tecidos escuros.

Mantinha no colo um saquinho com balas para as crianças que apareciam, não o netinho, ele não chegava, estava sempre ali. Dentre os beneficiados estavam os primos de Adamastor. Adolescentes, tratados pela avó como crianças, recebiam as balas, agradeciam e saíam rido.

A arrumação da casa era austera como seus moradores. Móveis pesados, escuros, quase negros, que não contribuíam para alegrar o ambiente. Nas paredes brancas havia um único elemento decorativo, um enorme retrato da família, o patriarca, sua mulher, as quatro filhas e os dois filhos; a menina mais moça morreu pouco depois de tirarem a fotografia.

Sequer tinham as habituais gravuras com cenas religiosas nem o retrato do ditador, distribuído gratuitamente e encontrado ornamentando repartições públicas, casas, comércio, escritórios, bordéis; não era prudente ignorá-lo. Aquele era um dos poucos lugares no país onde a homenagem não era exposta.

O dono da casa repudiava ditaduras, sentimento que transmitiu aos filhos e netos.

O pequeno Adamastor passava o dia sozinho, primeiro no berço de onde saiu quando fez dois anos, depois pela casa, brincando em silêncio.

A única companhia era uma babá muito jovem, *fräulein* Lotte, que fazia com rispidez o que as mães fazem com carinho. Cabia a ela, além de cuidar da criança, dar as ordens à empregada vinda de colônia alemã nas proximidades de Porto Alegre.

O pai do menino sumiu tão logo ele nasceu, sem dizer para onde ia. Retornou quatro anos depois.

A mãe do miúdo tinha quinze anos quando se casou com Carlos Beltrão, alto, pele muito clara, olhos azuis, cabelo castanho, sorriso cínico e encantador às mulheres.

Adamastor, adaptado à rotina solitária, silenciosa, sem carinho e amigos, entendeu ser deste modo que as crianças viviam — aceitava bem seu destino. A companhia sempre presente era a babá. Sua missão, assim ela entendia, era disciplinar a criança.

Cartas vindas da Alemanha contavam as proezas dos nazistas. Compensava a frustração de não estar lá, frequentando aos domingos o clube germânico, onde lhe davam a certeza que as tropas alemãs chegariam em breve ao Brasil.

Com a educação que recebia, o pequeno Adamastor estaria apto a ir para a Juventude Hitlerista, a Hitlerjungend, o que a estimulava disciplinar cada vez com mais rigor seu pupilo.

Se não fosse o avô, ela teria trocado o colchão de penas por um estrado de madeira, acreditava que desse modo contribuiria para a higidez do futuro soldado do Reich. Não esquecia de alertar seu discípulo sobre o mal que os judeus representam:

— Adamastor, eles *matarram* Jesus. Temos muitos deles nas redondezas, devemos tomar cuidado.

Em lar pouco afeito às coisas da religião o miúdo não sabia quem eram os judeus nem sua vítima, mas considerou ser prudente aceitar a verdade dita pela única pessoa que lhe ensinava alguma coisa.

Antes de se deitar rezava com a babá, na língua dela, ajoelhado ao lado da cama. Depois, na mesma posição, cantavam o hino da Alemanha: "*Deutschland, Deutschland, über alles...*", encerravam pedindo a Deus proteção ao Fürher. Ele não sabia o porquê daquilo, a não ser fazer seus joelhos doerem. Seria o último castigo do dia? Durante muito tempo pensou que os sempre citados Fürher e Deus eram a mesma pessoa. O igual entusiasmo de sua educadora por ambos, o levou a ter essa impressão.

Quando as tias e as primas não estavam lhe incomodando, Adamastor buscava em sonhos sonhados acordado a esperança de dias melhores. O pai chegava, vinha com a mãe, iam passear, ganhava presentes e afeto. Na hora de dormir, a mãe puxava a coberta, dava um beijo carinhoso e desejava boa noite.

Suas noites eram apavorantes, dominadas por pesadelos. Um deles recorrente: caía em um precipício escuro sem fim, caía, caía.... Acordava gritando. Repreendido com palmadas pela babá ficava deitado chorando baixinho até a hora de se levantar. Quando tomado pelo pavor urinava na cama, as palmadas eram mais fortes. Molhado não dormia mais, tinha medo de reativar o pesadelo. Levantava triste, envergonhado.

Na hora do café da manhã era recebido com brincadeiras que o magoavam.

Certa ocasião um tio trouxe uma pequena caixa metálica com os ossos exumados da bisavó, a relíquia foi colocada no armário das louças, na sala de jantar. A brincadeira passou a ser assustá-lo dizendo que eram de sua mãe, e que à noite seu fantasma viria buscá-lo.

Quem seria sua mãe? Teria uma, como seus primos?

Quanto mais ele chorava mais a parentada se divertia. Seriam sádicos? Não. Eram pessoas normais, iguais a todas as outras. Será a maldade um traço da natureza humana? Livros muito antigos e os mais sagrados textos dão indicações que sim.

Ninguém falava sobre seus pais. Do pai conhecia o nome, da mãe sequer sabia como se chamava, onde morava, se estava viva ou morta. Queria saber. Perguntava, recebia respostas insatisfatórias. Pouco a pouco iam contando algo sobre seu pai.

Mais tarde entendeu ser ele a ovelha negra da família, aborrecimento para os velhos e mau exemplo para os jovens. Consideravam seu sumiço bom para todos, apenas os sobrinhos sentiam saudades do tio Carlos e de suas histórias.

Na austera família apenas ele desgarrou. Partiu sem rumo, queria abandonar carga que considerava pesada: o pai, a mãe e o filho.

Completou o curso secundário com os jesuítas, não seguiu para uma faculdade como seus colegas, se engajou em uma das revoluções que pipocavam a toda hora em um país eternamente adolescente.

Carlos, na velhice, gostava de falar desses movimentos revolucionários, agora, por ele, considerados ridículos.

Carlos Beltrão, dezoito anos, se alistou no Exército, foi designado para uma unidade cujo comandante, um jovem capitão delirante, havia decidido derrubar o presidente da República, para colocar alguém mais honesto. Sairia com sua tropa da pequena cidade do interior do estado onde estava, percorreria uns mil e poucos quilômetros, chegaria à capital e cumpriria a missão que estabeleceu para si. Dois anos depois de uma longa marcha sem sentido desistiu da empreitada.

Carlos desertou no começo da caminhada, não foi o único, e voltou para casa. Muito magro, escabelado e com a barba comum a seus colegas revolucionários, não foi reconhecido pela mãe. Espalharam que ele estava tuberculoso.

Ficou morando com os pais. Não cogitou retomar os estudos, fez um curso de três meses na Escola de Comércio de onde saiu apto a ser contador, guarda-livros, como era conhecida a profissão. Foi trabalhar em uma empresa de navegação.

Nas horas de folga se dedicava ao que de fato apreciava: ler bons livros, história e poesia, jogar baralho e namorar. Sabia encantar mulheres de todas as idades. Esses gostos lhe davam satisfação e inquietavam a família. As três irmãs e os dois cunhados o tinham em conta de irresponsável, entre si o chamavam de vagabundo.

8
CHARLES BAUDELAIRE

Carlos conheceu uma jovem de quinze anos, filha de um aventureiro recém-chegado do Rio de Janeiro em busca de negócios que lhe propiciavam ganhos fáceis.

Homem encantador, baixinho, cabelo preto penteado com creme que dava brilho incomum, bigode fino, conforme a moda, bem-arrumado, tipo chamado à época de janota, cativante e com propostas de transações financeiras tentadoras à gente ingênua da província. Orgulhoso da ascendência francesa que dizia ter, apresentava-se:

— Baudelaire, Charles. Como o poeta francês, meu primo distante.

Beijava a mão das mulheres e apertava a dos homens de modo considerado pouco másculo.

Na chegada a Porto Alegre se acomodou com mulher e filha no Grande Hotel, na rua da Praia, onde ficavam as pessoas ilustres que chegavam à cidade.

Desceu do navio do Lloyd Brasileiro e partiu para o hotel, não distante do cais do porto, com carregadores levando quatro enormes baús de madeira revestidos de couro de excelente aparência, mais tarde soube-se que eram da prestigiosa Casa Louis Vuitton de Paris. À frente do séquito vinha ele, seguido pela mulher e a filha com graciosas sombrinhas que as protegiam do sol forte.

Dizia terem vindo a bordo do navio Alagoas, lembrando que este mesmo navio levou o Imperador e sua família para a Europa quando da Proclamação da República. Confiava que seus interlocutores não sabiam que a ilustre embarcação havia sido desativada oito anos antes de sua viagem.

A família ficou no hotel por dois meses; alugou um casarão em endereço nobre e se mudou.

Trouxe do Rio de Janeiro um mordomo francês, Pierre Le Grand, que chegou no Brasil qualificado como chefe de cozinha, em pouco tempo foi promovido à mais alta função doméstica, mordomo, não tinha as qualificações dos colegas ingleses, mas se saía bem.

Dentre suas obrigações estava a de ensinar culinária de sua terra à cozinheira dos Baudelaire, moça de origem italiana, que em pouco tempo mostrava surpreendente familiaridade com os pratos franceses.

Charles Baudelaire visitava os possíveis clientes em grande pompa. Chegava no moderno Studebaker 1929 conduzido por Pierre Le Grand devidamente uniformizado. Trouxe o carro do Rio no mesmo navio em que viajou com a família e o serviçal francês.

A gente do Sul não conhecia artimanhas para ganhar dinheiro sem trabalho e, muito menos, estava habituada às elegantes recepções organizadas pelos recém-chegados.

Homens de coragem, mas ingênuos. Ninguém cogitou porque aquele ilustre personagem saíra do Rio de Janeiro para ir viver em lugar distante, desprovido dos luxos e atrações da capital federal. Pelo contrário, a menos de uns poucos, a maioria recebeu com júbilo Charles Baudelaire.

Pode-se dizer que aquele momento constituiu um marco civilizatório na cidade, pelo menos para os que tinham a sorte de comer os pratos requintados, beber os vinhos franceses e ser servido por mordomo com luvas brancas, que recebia ordens na língua de Baudelaire, o outro.

A enormidade quantidade de talheres de prata cuidadosamente polidos e colocados a cada lado dos pratos, parecia um exagero inútil, servia para provocar confusão. Para os convidados bastava um garfo e uma faca, a colher de sobremesa e a colherinha do café eram esperadas apenas quando esses complementos fossem servidos.

A simples observação de como os anfitriões se portavam à mesa, em pouco tempo fez com que os convidados adotassem esses hábitos em suas casas. Um deles convidou os Baudelaire para um churrasco em sua fazenda e utilizou na rústica refeição o notável serviço.

Os homens apreciaram a ideia do conhaque e dos charutos ao final do que chamavam de banquete.

Na cabeceira da mesa Baudelaire dava as instruções em francês, causava forte impressão aos presentes. Alguns homens consideravam aquilo pouco másculo, as mulheres queriam introduzir as novidades em suas casas.

O professor argentino que ensinava dança de salão passou a dar cursos de bem organizar e se portar à mesa. Senhoras que pretendiam receber como os Baudelaire participavam de suas aulas.

No início, Charles Baudelaire recebia comerciantes ricos e banqueiros interessados em tirar proveito de seus contatos financeiros na Europa e na América do Norte, comprovados por dezenas de telegramas da Western Telegraph Company, que exibia à futura clientela. Distantes dos grandes centros, os convivas enxergavam oportunidades para alargar seus negócios.

Quando exibia as mensagens, a maioria em inglês, impressionava os convidados:

— Olhem, o John Morgan manda um abraço para vocês. O Edmond, Rothschild, naturalmente, insiste para eu ir ao *bar mitzvah* de seu neto. São amigos de toda a vida.

O impacto causado era imenso. Os banqueiros locais sabiam quem eram de ouvir falar, os comerciantes eram esclarecidos e sentiam orgulho no convívio com o senhor Baudelaire. Entre os telegramas havia um em português.

— Este é do meu amigo Ricardo do Espírito Santo, o banqueiro, foi meu colega na Universidade de Coimbra.

Os telegramas, com cuidado para não amassar nem rasgar, passavam de mão em mão. Liam o que interessava, poucos conheciam a língua inglesa, nenhum se atinha aos detalhes, buscar, por exemplo, em algum canto do papel de que lugar no mundo a mensagem partira ou verificar se algum dos citados já morrera.

A verdade é que cada um vê, lê, ouve o quer ver, ler ou ouvir. Se todos passassem a duvidar das religiões e das doutrinas capazes de salvar a humanidade, nenhumas nem outras existiriam. A fé basta para validá-las; a mesma fé que dava veracidade às histórias do forasteiro.

Todos queriam conhecer as boas oportunidades trazidas por pessoa educada, bem relacionada e rica como Charles Baudelaire. De más notícias os jornais estavam cheios.

Com o tempo passou a convidar políticos e intelectuais pobres, sem interesse por negócios, mas formadores de opinião e sempre prontos a usufruir bons vinhos e cozinha requintada inacessíveis à suas posses.

As colunas sociais diziam, com pontas de maldade, que finalmente havia um anfitrião qualificado na cidade. Não ser seu conviva era sinal de desprestígio.

Sem credenciais para participar das recepções do senhor Baudelaire, Carlos Beltrão conseguiu se introduzir mencionando seu pai, comerciante abastado e arredio às facilidades oferecidas pelo forasteiro, que já o havia visitado em seu armazém. Local mal decorado, simples, cheirando a bacalhau, mas com pilhas e mais pilhas de produtos importados indicando ali existir boas oportunidades de negócio.

Em dado momento durante suas recepções o anfitrião pedia silêncio, sua mulher se sentava ao piano e a filha cantava árias para soprano, leves e agradáveis aos presentes.

A graça da menina chamava atenção; bonita, pequena, cabelo arrumado em longos cachos negros não demorou muito para receber olhares insinuantes de Carlos Beltrão, o interesse foi mútuo e a troca de olhares intensa.

O namoro logo teve início. Encontravam-se sempre na sala de visitas, com a mãe lendo um livro ou bordando, mas atenta aos movimentos. Carlos recitava sonetos românticos em francês, falava de livros e trocava impressões sobre compositores e suas obras.

A mãe notava a excitação da jovem, parecia querer fazer ali mesmo o que seus hormônios pediam. Numa rápida saída da fiscal dos costumes, não mais que cinco minutos, ocorreu o esperado. Na volta notou os dois arrumando as roupas e ajeitando os cabelos.

Nada disse, retornou à serenidade de seu bordado enquanto eles se acalmavam. Não achou ruim, não falaria com o marido, sentia ter sido fisgado um bom partido, um dos objetivos da excursão ao sul do país. Por experiência, sabia que tão logo o marido arrecadasse o que queria partiriam antes que ele fosse preso ou morto.

Nessa viagem, além do dinheiro arrecadado teriam arrumado um marido rico para a filha, que poderiam deixar com sua nova família quando retornassem ao Rio de Janeiro.

Os namoros na primeira metade do século vinte, pouco diferiam daqueles dos cem anos anteriores, eram regidos por regras morais transmitidas pelos escritores da época, pelos padres e pelas senhoras. O objetivo, o casamento, só seria alcançado com a preservação da pureza da moça. Mesmo depois de casada todo cuidado era necessário para evitar descontroles com o marido ou com alguém que quisesse seduzi-la, como se passou com Emma Bovary e Maria Capitolina, a Capitu.

O pai de Carlos sabia ser seu filho inconsequente, o pai da noiva um escroque, a mãe sua cúmplice e cafetina da filha, e ele responsável pelas despesas que poderiam advir de um eventual casamento.

A festa dos dezesseis anos da rapariga foi um sucesso; a melhor sociedade disputou os convites. Charles Baudelaire dançou a valsa com a jovem e anunciou o seu noivado com senhor

Carlos Beltrão, bem conhecido na pequena Porto Alegre de então.

Feito anúncio, logo começaram os cochichos, debochados dos homens e carregados de intrigas das mulheres, a ponto de admitirem que a noiva estava grávida. Pessoas ingênuas imaginavam existir amor e sonhos entre aqueles dois.

Em pouco mais de um mês se casaram. Era dezembro de 1930, dois meses após o golpe de Estado que tornou o governador do estado ditador de todos os brasileiros.

Com autoridade conferida pela lei, o juiz de Paz mandou abrir a porta e as janelas da casa, a cerimônia poderia ser testemunhada por todos, não havia o que esconder, ou melhor, havia, a noiva estava grávida. Apenas ela e seus pais sabiam disso, nada foi dito ao noivo.

Carlos só soube que seria pai dois meses depois de casado. Com seu jeito irresponsável, não se preocupou com as futuras obrigações que teria.

O casal ficou morando na casa dos pais da menina. Carlos a essa época era, ainda, contador da empresa de navegação.

As datas do futuro parto e do bom resultado dos golpes coincidiam. Partiriam em mais seis meses. Baudelaire queria que a nova família ficasse para trás. Sua filha moraria com a criança na casa do pai de seu marido. A mãe recusou deixar a jovem à mercê das vítimas do golpista. A vingança poderia ser implacável. Decidiram levá-la, mas não o neto, que ficaria com o pai.

O golpe que Baudelaire aplicava era simples, como são todas as trapaças que prometem enriquecimento rápido. Oferecia empréstimos de grandes bancos europeus e norte-americanos, aos quais dizia enviar telegramas com pleitos e credenciais dos pretensos tomadores, que respondiam exigido uma enormidade de documentos, o que dava veracidade à operação.

Muitos dos interessados foram obrigados a regularizar seus negócios. Seis meses depois de iniciado o processo, chegavam as confirmações dos aprovados e a relação dos recusados, forte indicação que o negócio era verdadeiro, caso contrário todos seriam acolhidos. Pequenos detalhes como esse facilitam a vida de vigaristas, como o descendente do poeta francês.

Finalmente chegavam os contratos e as datas das liberações, que seriam feitas por meio de transferências a bancos locais. Mais algumas semanas e recebiam o telegrama confirmando a remessa e a data do depósito. Nesse momento deveriam ser pagas as comissões ao intermediário, o senhor Baudelaire, que recusava receber adiantamentos antes dos contratos serem firmados.

— Tenham calma, não se precipitem, teremos tempo para acertar esses detalhes. Se algo falhar estaremos juntos.

A esta altura era admirado e respeitado por todos, não só pela sua educação, mas, principalmente, pela lisura de seus negócios e pelo vasto relacionamento. Consideravam uma benção ele ter saído da sofisticada capital, o Rio de Janeiro, e se aventurar a lugar tão remoto.

O pai de Carlos e outros cautelosos se arrependiam de não ter tomado o vantajoso empréstimo.

Numa madrugada, a família, o carro e o mordomo partiriam em navio cargueiro para o Rio. Ficou decidido que a menina e seu marido permaneceriam onde estavam.

Poucos dias antes da viagem, Baudelaire informou a seu genro:

— Aqui os negócios estão concluídos. Devo partir; clientes antigos exigem minha presença no Rio. Você, minha filha e meu netinho ficarão morando aqui. Enviarei o necessário para as despesas. Viremos vê-los com mais frequência do que você gostaria; você tornou-se um filho para mim.

A criança nasceu à véspera da viagem. O parto foi realizado em casa pela mãe da parturiente auxiliada por Pierre Le Grand.

Enquanto isso, na sala de estar, Carlos lia o jornal; desinteressado do que se passava. Baudelaire caminhava de um lado para outro tentando encontrar solução que não envolvesse crime para resolver o incômodo problema: seu neto.

Gemidos de dor seguidos do choro do recém-nascido, misturados as amolações da preparação da partida — móveis arrastados, bater de martelos, ordens gritadas, poeira, carregadores entrando e saindo, falando alto, incomodaram Carlos, que saiu sem ser notado. Não sabia bem qual era seu papel naquele evento. Voltaria quando os arranjos para a viagem estivessem concluídos.

No alto da escada, a agora avó, alegre, instintos ancestrais a despertaram para o carinho que deveria dedicar ao neto, sorrindo, gritou:

— É menino! Venham ver. Parece com você, Charles.

Não notou a ausência do pai nem a indiferença do avô. Ela mesmo logo voltaria ao normal e a jovem mãe seria convencida que os outros avós cuidariam bem de seu filho.

Com lágrimas escorrendo pelo rosto, acabou por concordar com a sua mãe.

Carlos foi ao encontro de amigos no salão de sinuca da rua da Ladeira; lá passou o resto do dia e a noite, somente pela madrugada voltou para casa.

Deitou-se no sofá da sala e dormiu. Acordou algumas horas depois com o choro de uma criança. Lembrou que era pai. Continuou deitado, aguardando providências da mãe para que aquele berreiro incômodo cessasse.

O choro não parou. Carlos foi ver o que se passava. A casa estava deserta, só restavam os móveis. Louças, talheres, quadros, roupas e sua mulher se foram com os viajantes. Percebeu que só restaram ele e a criança. Não esperava por aquilo; não sabia o que fazer.

O pedido de socorro de seu filho tornou-se irritante. Virou para o lado, cobriu os ouvidos; continuou escutando o desagradável som.

Pensou em voltar para o salão onde passara a noite, dormir no sofá da entrada, ou ir para qualquer outro lugar onde pudesse se recuperar da noite mal dormida.

Alguém acabaria por encontrar o que restou da família Baudelaire, não havia por que perder tempo com aquilo. Encontrada a solução para seu problema, Carlos se preparou para sair. Apesar do frio, deixaria a porta e as janelas abertas, quem passasse por ali escutaria o apelo desesperado. Curioso, entraria e levaria o recém-nascido.

Sempre em situações graves, aparentemente resolvidas, surge um pensamento intruso para trazer de volta a intranquilidade.

Um fiapo de piedade o fez desistir de buscar soluções que não lhe impusessem trabalho.

Foi ao lugar de onde partia o desagradável berreiro. Ainda estava escuro. Com a mente perturbada pelo álcool, tropeçou num objeto — quebrou a escarradeira de louça que seu sogro dizia ter pertencido a um nobre português. Sempre que fazia uso do objeto, repetia: "Vale uma fortuna."

Chegou ao berço de onde partia o choro de fome, de sentimento de abandono, frio, desespero. Instintos ancestrais diziam que ali por perto havia alguém para socorrê-lo.

Sobre uma mesinha ao lado do berço encontrou um bilhete: "Carlos, viajarei com meus pais. Você saberá o que fazer com o menino. Deixei fraldas na gaveta e mamadeiras prontas na cozinha. *Au revoir, mon amour.* D.."

Deu a mamadeira fria, como encontrou. A criança engoliu com sofreguidão, sabia ali estar sua sobrevivência.

Apesar de alimentada continuou chorando. Um cheiro desagradável fez Carlos lembrar das fraldas. Tirou a roupa da criança e, com nojo, a colocou na pia do banheiro. Começou a limpeza. O choro aumentou, só então lembrou de temperar a água; abriu a torneira quente, quase queimou o menino. Concluiu seu trabalho jurando jamais repetir o que acabara de fazer.

Enrolou seu filho num cobertor e o colocou de volta no berço. O choro parou. Carlos tinha agora algum tempo para pensar o que fazer.

Poderia deixá-lo na roda dos enjeitados, seria criado por freiras impedidas, por voto irrevogável, de praticar seus instintos maternais; poderia deixá-lo na casa de seus pais, onde receberia cuidados adequados. Colocaria na porta, tocaria a campainha e fugiria.

O efeito da bebida começou a passar, a dor de cabeça arrefeceu, a urgência em encontrar uma solução para aquele problema exigia toda a sua concentração. Ela veio.

A criança estava com os lábios arroxeados pelo frio. Colocou mais um cobertor e saiu apressado. Entrou num um carro de praça; pouco tempo depois estava num bordel na rua Arlindo, onde era cliente assíduo e respeitado.

Bateu forte na porta, continuou batendo, acordou as mulheres que tinham ido dormir há menos de duas horas. Ensonadas viram um homem assustado, desnorteado, com uma criança. Era o prestigiado freguês, agora sem o habitual ar debochado e ao mesmo tempo afável que conheciam. Seu olhar implorava ajuda. Era um homem em transe. Com a dificuldade comum às pessoas angustiadas, explicou o que se passava.

As moças pegaram a criança, que passaram de mão em mão, queriam ficar com ela. Carentes de amor, o que recebiam durava pouco e era falso, falaram em criar a criança. "Será filho de todas nós." Carlos expôs seu problema e implorou ajuda.

A dona do lugar apareceu sem maquiagem e sem peruca; se inteirou do que se passava. Entendeu a gravidade do assunto e que o pai da criança lhe passava a responsabilidade de encontrar uma saída para sua dificuldade.

Mulher experiente, tomou uma decisão rápida; não a compartilhou com os demais.

Acordou seu jovem amante, o mandou pegar o carro e levá-la com Carlos e seu filho ao porto, na parte afastada do centro da cidade, onde ancoravam as embarcações menores.

Foram a uma doca distante da dos grandes navios, passaram por vários trapiches, chegaram ao que parecia ser o último.

Lá, ela negociou com um casal mal-encarado, mandou Carlos entregar seu filho e todo dinheiro que tinha para eles.

A criança ficou e os outros partiram sem dizer qualquer palavra. Parece que queriam esquecer o que fizeram. Carlos desceu na altura do Mercado Público e ela voltou para o bordel.

Exausto, tomou um café e foi para a casa que não era mais nem dele nem dos Baudelaire. Entrou, fechou as janelas e dormiu bem, como ocorre com aqueles que resolvem situações incômodas sem se importar com seus desdobramentos.

O escândalo do estelionatário só seria descoberto em mais alguns dias. Descoberto, ninguém recorreria à Justiça ou denunciaria o golpe à polícia; além de saberem ser perda de tempo não queriam passar por idiotas.

A ambição das vítimas dos estelionatários os torna cúmplice deles. Sempre foi e sempre será assim.

A família partiu para o Rio de Janeiro. Foram com umas poucas malas e os baús franceses, para trás ficaram dívidas, aluguéis atrasados e o prejuízo dos tolos que caíram no golpe.

A data dos depósitos lhes dava uma folga de seis dias antes da descoberta da fraude. Se os procurassem, a empregada diria que estavam descansando por uns dias em Montevidéu.

Nunca mais se ouviu falar dos Baudelaire, talvez nem fosse esse seu nome. Carlos Beltrão, no começo foi considerado cúmplice, depois deixado em paz. Sua fama de boêmio e irresponsável o absolveu das culpas presumidas.

9
A PARTIDA

No Brasil golpes de Estado são chamados revolução. Bem ou malsucedidos foram muitos. Nenhum deles carregou ideário modernizador que alicerçasse o futuro, como ocorreu nas revoluções inglesa, americana e francesa.

Beltrão se tornou ditador. Liderou bem-sucedido golpe, derrubou o presidente em fim de mandato e impediu o eleito para substituí-lo de tomar posse. Deu de uma só vez dois golpes de Estado. Mudou-se para a capital, Rio de Janeiro, e deu início a seu longo reinado.

Anunciou ideais democráticos, tomou posse e passou a governar sem os incômodos habituais às democracias: Constituição, leis impertinentes, tribunais independentes, oposição e parlamentos. A imprensa, estreitamente vigiada, complementava os bons serviços da polícia política.

Grande foi o número de conterrâneos do ex-governador que se aboletaram na capital. Não o deixariam só, sem sua gente a protegê-lo.

As oportunidades estavam à disposição de quem as quisesse colhê-las. Dentre os que foram estava Carlos Beltrão, atraído não pela possibilidade de cargos ou negócios, mas pela fama das mulheres e dos cassinos da cidade.

Continuou trabalhando na empresa de navegação e usufruindo que havia de bom ao seu redor.

Um dia desapareceu sem dizer para onde ia. Dívidas, mais um filho, maridos ciumentos? Ninguém sabia o porquê nem para onde fora.

A falta de notícias preocupou seus país. Meses mais tarde souberam que ele vivia em uma cidade pequena de estado distante.

Seus conterrâneos ficaram na capital federal, junto ao poder e às facilidades que ele proporcionava. Carlos deve ter sido o único que partiu para nova aventura em lugar sem perspectivas de qualquer natureza. Soube-se que conseguiu emprego de contador na prefeitura local, e se deu por satisfeito.

A distância de onde estava indicava que o melhor seria esquecê-lo.

Quando Adamastor fez quatro anos, bateram à porta de sua casa, ele abriu. Um homem estranho, bronzeado, vinha de lugar ensolarado, perguntou:

— Quem é você?

— Não sei. Me chamo Adamastor.

Havia algo hostil no rosto do menino. O sorriso nas crianças é espontâneo, talvez o dele já tenha sido.

— Chame sua avó.

A velha, não tão velha, mas assim considerada, olhou alguns segundos. Não chorou, não abraçou, apenas perguntou secamente:

— O que você quer?

— Vim vê-los. Quem é o menino?

— Faça o que veio fazer e vá embora.

A senhora tinha razão, aquela presença destroçava equilíbrios. Os que chegam despejando tristeza por onde passam não devem aparecer às pessoas que os amam.

Incomodada com o filho inconsequente, trinta e um anos e sem rumo, ela carregava preocupações que escondia dos outros.

Apareceu uma irmã mais velha. Com a generosidade própria dos que ainda não sofreram desilusões, abraçou e beijou o irmão como se estivesse tudo bem.

— Já falou com seu filho?

— Eu não tenho filho.

— Como não! Ali está ele. Parece com a mãe. Adamastor, venha conhecer seu pai.

Carlos calou-se. Empalideceu. O sorriso sumiu e pela primeira vez na vida ficou sério.

— Impossível, ele não é meu filho. — disse aborrecido. Fez menção de ir embora; a irmã pegou seu braço:

— Quando você sumiu o André foi buscá-lo.

— Como encontrou?

— Não sei, André nunca falou sobre isso, apenas disse que foi numa doca distante, num vapor que transportava lenha.

Adamastor ouvia e observava tudo o que diziam.

A conversa foi encerrada abruptamente. Carlos ficou parado olhando a criança; por segundos lhe passou alguma culpa pelo rosto triste à sua frente que o olhava como se houvesse algum laço entre os dois.

— Ele é meu pai?

— Vá para dentro — ordenou a avó.

Adamastor percebeu haver algo errado. O ambiente de calmo passou a agitado. Apareceu quem não deveria aparecer e foi dito o que não poderia ser mencionado.

Pode-se discordar da maneira fria e rígida como criavam o menino, mas aquela era a regra do lugar e daquele tempo, onde só o patriarca podia falar à mesa. As refeições se passavam em silêncio.

As necessidades básicas de Adamastor eram atendidas. Salvo as barbaridades que as tias e as primas diziam, e que ele começava a pensar esconderem verdades, surge uma nova questão: o pai. Tinha ou não tinha?

Começou a questionar a ausência desse elemento na família; mais tarde faria perguntas inquietantes que seriam respondidas com mentiras.

A pergunta à tia e a resposta do desconhecido desnortearam o pequeno Adamastor; maduro para a idade como são as crianças criadas sem afeto.

Nem ele nem ninguém no seu entorno sabia que ali, naquele momento completava-se a obra do destino, o que viria depois seria desdobramento daqueles primeiros anos de vida.

A carga emocional recebida era maior do que podia carregar. Sentiu a ausência dos pais, a rejeição da família, a solidão. A partir daquele dia tornou-se revoltado, desconfiado e inseguro. Aos quatro anos começava a perceber quão injusta pode ser a vida.

Carlos saiu apressado. No dia seguinte retornou.

— Levem o menino para ver as galinhas — ordenou o avô, que entregou ao Carlos uma pasta de papelão com a certidão de batismo de seu neto.

— Leve-o e nunca mais volte. Você só traz aborrecimentos. Sua mãe sofre com sua ausência, e mais ainda com sua presença. Seu irmão é advogado, suas irmãs se casaram com homens trabalhadores.

— O que faço com ele?

O menino estava sendo tratado como mercadoria que chegou ao depósito do avô sem ter sido encomendada.

— Faça o que você já fez uma vez, o abandone. Devolva aos Baudelaire, o coloque num orfanato. Faça o que achar melhor. Preparem a mala do Adamastor, ele vai embora.

A mercadoria indesejada seria devolvida ao remetente, não ocuparia mais lugar no armazém.

Enquanto seu destino era decidido, ele entrou alegre, foi direto ao avô: vovô, a galinha marrom pôs um ovo, é para você.

Estendeu a mão com o presente esperando um afago.

O velho com rudeza inesperada tirou o ovo da mão da criança e o jogou com força contra o muro do jardim da casa ao lado, se virou, saiu, e nunca mais viu os dois. Filho e neto se foram. Era inverno e o mês do aniversário do menino.

Todos sofreram. As regras domésticas foram mantidas, restaram apenas os vazios impreenchíveis da alma.

Os que ficaram, viram através do vidro da janela da sala a criança rejeitada andado rápido, dois passos atrás do pai, carregando uma mala quase de seu tamanho, pesada, difícil de segurar. Tentou pegar a mão de quem julgava seu protetor, foi repelido.

Quando os perderam de vista, questionaram em silêncio o ato mesquinho que cometeram.

Adamastor sentiu enorme solidão, igual as sentidas depois do enterro de pessoa amada. Mais alguns passos e todos seus sentimentos foram substituídos pelo medo, ou seria terror, de ser abandonado.

Seis anos depois daquela cena, o velho morreu com mágoas e arrependimentos jamais expressados; sofridos em silêncio.

Tinha noventa anos de idade. Nasceu pobre numa aldeia com uma rua, enriqueceu e morreu pobre por apoiar negócio fracassado de um dos genros, um aventureiro do porte de Baudelaire, que se casou com sua filha mais velha, agora desquitada, pobre e desprezada por todos, seu estado civil envergonhando a quem dela se aproximasse.

A pobreza no começo e no fim, deu ao velho português sensação de inutilidade — trabalhou por nada.

Entrou no negócio do marido da filha apenas para apoiá-la. Não tinha mais a cautela de sempre; ela se fora com a velhice. Envergonhado viveu da ajuda dos genros; não resistiu ao impacto, perdeu a saúde e logo morreu.

Foi enterrado no jazigo mais barato dos cemitérios com gavetas empilhadas, aqueles que ficam no rés do chão; os mais altos são caros, como nos edifícios residenciais.

Os junto ao piso dificultam a colocação de flores nos dias dos finados, a retirada de caixões em exumações e a colocação de novos ataúdes. Pessoas com artrite, como são os velhos de lugares frios sofrem ao cumprir essas piedosas missões.

Com o passar dos anos, muitos familiares foram com ele sendo acomodados, indicação da decadência financeira da família que ele construiu, agregou, deu conforto em vida e na morte.

10
A VIAGEM

Carlos caminhou na direção do porto. Adamastor não tinha ideia para onde ia. Seguiam por ruas sem graça, se o pequeno soubesse o que é um labirinto o associaria ao percurso que faziam.

À cada esquina o vento lhe empurrava com mais força. Corria para alcançar o pai, segurar sua mão. Esforço inútil. Não tombar e por ali ficar dependia somente dele. Se a ventania o levasse, levantou essa possibilidade, poderia morrer; seria um alívio para os dois. Pela primeira vez pensou em como a morte pode ser libertadora.

Atingiram uma avenida larga, cercada de prédios bonitos e ladeada por palmeiras; mais à frente enxergaram um enorme pórtico envidraçado que se destacava dos prédios vizinho, armazéns grandes e monótonos, cobertos por telhas de alumínio. Estavam na entrada do porto, onde terminava a primeira etapa da longa viagem que fariam.

Ultrapassado o pórtico envidraçado, deu para ver rio e algumas ilhas, mais adiante. Caminharam uns duzentos metros pelo cais.

O menino queria ver tudo: navios, guindastes, veículos estranhos tirando as cargas dos armazéns e as colocando à disposição de homens fortes, sem camisa, suados, que as empilhavam nos porões do navio.

Finalmente, chegaram ao navio no qual embarcariam. Para Adamastor parecia enorme. Era o primeiro que via. Subiram uma escada lateral, Adamastor não se impressionou com seu balançar.

Embarcados, seguiram por uma escadinha metálica com uma dúzia de degraus; enferrujada, como de resto todo o navio.

Foram ao comandante, que permitiu Carlos ficar com o menino. Não mencionou ser ele seu filho.

A cabine pequena, estreita e com uma escotilha, alta, inacessível à curiosidade do menino, que ficou com a cama de baixo do beliche.

O pai o levou a passear pela embarcação. Mostrou a proa, a popa, os paus de carga, os guindastes do porto, subindo, girando e descendo aos porões atulhados de sacas de arroz.

Adamastor percebeu que a vida ia além da casa dos avós. A mão do pai, agora, agarrando a sua, lhe deu segurança. Não tinha mais medo de ser largado pelo caminho, carregado pelo vento ou jogado no rio.

— Em mais um pouco fecharão os porões e zarparemos. Chegaremos no Rio de Janeiro daqui a quatro dias. É a cidade mais bonita do Brasil. Vamos passear, ficaremos três dias.

Carlos falava com a criança como fosse um adulto; nunca mudou essa maneira de ser, evitava desenvolver laços piegas indesejáveis.

Caminharam por toda a embarcação, Adamastor gostou de tudo, ficou atônito com o que viu na casa das máquinas. O calor das caldeiras, homens imundos jogando carvão nas fornalhas, o ar empestado e incômodo barulho. Saíram logo dali.

Pelo passadiço, a estibordo viu o rio Guaíba. As águas tranquilas, pareciam imóveis; na realidade não é um rio. Visto de um lado é um estuário de quatro rios, visto do outro é o começo da lagoa dos Patos, por onde se desenvolveria a primeira etapa da viagem.

Jantaram com o comandante e o imediato numa salinha clara e bem arrumada, servidos por taifeiro com uniforme branco muito limpo e bem passado. Dalí passaram à ponte para acompanhar a partida. Adamastor não se lembrava de ter comido tão bem.

O comandante, baixinho, atarracado com cabelos brancos, sem a barba esperada nos que exercem esse ofício, demonstrava orgulho no que fazia. Conversador, bom contador de "causos" da vida no mar, agradável no convívio, vestia farda azul-marinho bem talhada com quatro tiras douradas nas mangas, perto das mãos, exibia aprumo além do necessário para capitanear o modesto cargueiro.

O imediato parecia apenas cumprir suas obrigações. Relaxado no vestir, uniforme cáqui amarrotado, no barbear e pentear, caladão, deve ter perdido o encanto que na adolescência o levara àquela profissão.

Para o comandante cada viagem era uma aventura, como as de Joseph Conrad, para o imediato apenas um trabalho que o afastava da família.

Zarparam à noite. O rebocador lentamente começou a mover o navio em direção ao canal de navegação, por onde percorreria os 220 quilômetros da lagoa dos Patos.

Com a noite clara, enluarada, Adamastor observava tudo com atenção. O movimento de embarcações pelo rio não era grande, mas o excitava: barcos de pescadores, rebocadores retornando ao porto, barcaças com cargas, vapores de passageiros. O pai apontava para as ilhas, praias, arrozais e tudo mais que tinha para ser visto.

Distantes do porto foram dormir. As sacudidelas, provocadas pelas ondas produzidas pelo vento, embalaram o melhor sono que Adamastor já havia tido; sem pesadelos, sem mergulho em buracos sem fim.

Pela primeira vez sentiu segurança, apoio e amor. O mais estranho é que essas boas sensações eram produzidas por aquele desconhecido que negava ser seu pai. Quem seria? Isto duraria para sempre? Acabaria no fim da viagem? Sequer sabia para onde ia. Impossível antecipar o quê o destino lhe reservava. O melhor seria aproveitar aquela bonança e imaginá-la perpétua.

Bem mais tarde Adamastor aprenderia que a felicidade é evento de curta duração, lampejos que chegam e logo se vão, como que evitando aproximação com seu beneficiado, gerando falsas esperanças e acabando por provocar dor.

Carlos gostava de falar, era um homem curioso de todas as coisas, sempre tinha algo a contar. Adamastor perguntava, ele respondia. O menino se revelava curioso como o pai; queria detalhes, razões, causas e efeitos de tudo o que via ou ouvia. Passara quatro anos calado, observando o pouco disponibilizado no espaço onde vivia, agora parecia querer recuperar o tempo perdido. Não lhe ensinaram quase nada, só sabia os números até quatro, aprendia um novo no dia do aniversário, queria logo ser velho como o avô para conhecer todos eles.

Surgia uma amizade entre os dois, maior que aquela que vem naturalmente entre pai e filho. Carlos não era vocacionado à paternidade, Adamastor não tinha noção alguma dos deveres de um pai. O relacionamento entre eles era o habitual entre dois velhos conhecidos, a diferença de idade, quase trinta anos, não era empecilho, ao contrário atendia as expectativas de ambos.

— Levante-se, vamos tomar café. Dormiu bem? Enjoou?

Acordaram tarde, tomaram o café sozinhos, os companheiros do jantar orientavam a difícil manobra de levar o navio ao oceano. Navegavam em trecho com muitos naufrágios sem a ajuda de um prático. Pelas inúmeras passagens por ali, o comandante se sentia seguro para vencer a barra, sair da lagoa e entrar no Atlântico com ondas altas e traiçoeiros bancos de areia.

Caminhando pelo tombadilho os passageiros acompanhavam as manobras. Mais perguntas, mais respostas, mais aproximação entre os dois. Olharam para o céu e viram gaivotas, centenas, voando, planando, pescando. A alegria do menino, seu sorriso, sua animação, comoveu o pai. Teve vontade de dizer: "Sou seu pai." Abraçá-lo. Ficou só na vontade.

Ultrapassada a barra as águas serenaram. O guri riu, sentindo o aperto forte da mão do pai protegendo-o de todas adversidades que viessem de águas turbulentas.

Cruzado o canal entre os molhes o navio fez uma suave curva à esquerda e tomou seu rumo, mais quatro dias estariam no Rio de Janeiro. Golfinhos acompanhavam a viagem e chamavam à atenção do garoto que apontou, gritando, para um pequeno que saltava ao lado de um maior.

— Pai! Estão brincando. São dois: pai e filho.

Carlos ouviu a palavra que evitava dizer. Seria o momento de falar a verdade?

Impossível descrever a felicidade da criança. Teria o deus dos destinos, voltado atrás do intento de produzir um ser amaldiçoado? Teriam suas filhas apelado a desfazer aquela maldade? Elas apareceram a Macbeth para anunciar seu futuro glorioso. Retornariam ao mundo dos homens para dar boas novas a Adamastor? Poupá-lo de dúvidas sobre seu futuro, fazê-lo esquecer os funestos quatro primeiros anos de vida?

A viagem fazia bem aos dois. No dia seguinte chamou o companheiro de aventura de filho. Carlos, sempre voltado para o presente, ignorava o passado e o futuro, mas gostava daquele momento. Somente muito velho, poucos anos antes de morrer, sentiu alguma inquietação sobre o por vir. Pela primeira vez teve alguma preocupação com sua família. Era tarde.

Pessoas aflitas com o desdobramento dos instantes agradáveis tendem à infelicidade, destroem os bons momentos do presente tentando interferir no futuro, querendo inutilmente prolongá-los ou, pelo menos, saber o que lhe reserva o período seguinte.

Chegaram ao fim dessa etapa. Estavam no Rio de Janeiro, prosseguiriam em mais três dias em outra embarcação, da mesma companhia, onde Carlos trabalhara e era respeitado por ter ido morar na capital, assim pensavam, em momento em que os gaúchos, seus conterrâneos, ganhavam tanta importância junto à corte do ditador.

Não sabiam que ele desperdiçava as boas oportunidades que apareciam. Em vez de ir para a frente dera largos passos para trás.

Na despedida, o comandante com o forte sotaque de sua terra e o saber adquirido como lobo de mares, rios e lagoas, disse:

— Carlos, o piá se afeiçoou a ti. Cuida bem dele.

Em momento de liberalidade, o destino deixou a cargo do pai mudar a sorte do menino.

A união entre os dois estava sacramentada por quem podia celebrar casamentos a bordo e lançar mortos ao mar.

A temporada na capital se prolongou por uns dias mais além do que esperado. Carlos enviou um telegrama ao seu empregador, o prefeito da cidade onde vivia, informando que se atrasaria. O lugar era tão decadente que a ausência do contador da prefeitura não atrapalharia em nada a vida dos munícipes.

Nessa etapa, a viagem se tornou monótona, o nada de novo a ver fez com que os dois passassem a maior parte no tempo no camarote, o pai lendo e o filho brincando com uns carrinhos que ganhou na última parada.

Na cabeça do pai e do filho surgiam preocupações: "Como vou cuidar dessa criança?" "Ele vai fugir e me deixar no navio?"

Carlos achava que não conseguiria organizar uma nova vida sem desorganizar a que levava e gostava: pouco trabalho, muita jogatina, mulheres, bebidas. Passava mais tempo no clube jogando pôquer que no escritório e onde morava.

Só saíam da cabine para receber o vento fresco vindo do mar.

A cada dia ficava mais quente. O calor se tornou insuportável, à comida perdeu a qualidade. O capitão, caladão, mal-humorado, sempre suado, vestia calça e camisa brancas imundas. A ferrugem cobria todos os cantos da embarcação.

— Pai, por que está tão quente?

— Estamos nos aproximando da linha do Equador.

Sem explicar que linha era esta, como teria feito há poucos dias. O menino de desconhecido passou a filho e agora era um estorvo.

O pai, irresponsável consigo mesmo, não seria responsável com ele. Seria bom Adamastor guardar na memória os dias recém passados, daí para a frente não seria tratado com a dureza da babá nazista, os deboches das parentas e a invisibilidade dos avós, seria apenas um incômodo para quem ele chamou de pai.

Chegaram ao fim da longa viagem. Sem despedidas do comandante, desembarcaram no trapiche que levava ao cais. Além do navio em que vieram havia mais dois, embarcando e desembarcando cargas.

Cada um seguiu segurando sua mala, o pai ia à frente, o menino caminhava apressado para não o perder de vista, o abandono poderia se dar ali mesmo. Tomaram um ônibus para onde terminaria a longa jornada.

A estrada de terra, estreita, poeirenta, cheia de curvas, com um pouco mais de trinta quilômetros, foi percorrida em uma hora e meia, o ônibus parava para subir e descer passageiros, e dar passagem aos caminhões.

O calor aumentava, as janelas permaneceram fechadas por causa da poeira, a paisagem não foi mostrada ao menino tão curioso nos navios e, agora, tão sem vontade ver coisas novas.

— Pai estamos mais perto da linha do Equador, não é?

Não teve resposta de quem achava que sempre o trataria com atenção. Adamastor sentiu medo, estava em terra estranha acompanhado de uma pessoa indiferente a ele.

Do ponto do ônibus à pensão caminharam em silêncio por rua sem calçamento, a mala do menino pesava cada vez mais, não recebia ajuda, parava, se atrasava, corria para alcançar o pai.

Adamastor não queria saber de mais nada, achou a cidade feia. Questionava a si mesmo: "O que seu pai fizera?" Seja lá o que fosse nada justificaria parar naquele lugar. Lembrou o que ouviu em casa: "Carlos sempre anda para trás."

A pensão para onde foram era lugar nada acolhedor. Com um único pavimento, uma casa com puxados para trás e para os lados, a entrada era pela cozinha sem janela. Sobre o piso de chão batido ficava o fogão a lenha, coberto de panelas enegrecidas com restos de comida.

O mesmo espaço era completado pelo refeitório dos hóspedes e um quarto, devia ser o da dona do lugar.

O menino, curioso, viu nele uma cama de casal desarrumada, um armário com cabides vazios e roupas amontoadas umas sobre as outras, sem qualquer cuidado, e uma mesa coberta de pó e bugigangas.

O que mais chamou a atenção do hóspede abelhudo foi uma enorme quantidade de bonecas espalhadas por todos cantos.

Recebeu mais uma de Carlos: "Mandei vir da América."

O conjunto exalava cheiro desagradável. Adamastor achou que ia vomitar; seu pai sentia-se à vontade, parecia não perceber onde estavam.

A proprietária aparentava ter cinquenta anos. Gorda, com o rosto bexiguento e a pele encardida, baixinha, cabelos pretos encaracolados e despenteados, vestia uma saia curta, calçava sapatos de salto alto vermelhos com apliques dourados. Recebeu os dois sentada em um sofá descuidado se abanando com um leque e fumando charuto. Alegre beijou seu hóspede, que se curvou para receber o cumprimento.

— Carlos, perdi uma aposta. Jurei que não voltaria. Você é a única pessoa que podendo morar no Rio de Janeiro vem viver nesse buraco. Quem é o jovem?

Carlos não disse nada, não gostava dessa pergunta nem de respondê-la. Adamastor sentiu ser ninguém, sentimento que não lhe era estranho.

As ruas da cidade não eram calçadas, não havia esgoto nem água tratada, a para consumo das pessoas era apanhada em córregos presumivelmente limpos, chegava aos consumidores em carotes de madeira trazidos em carroças puxadas por burros.

Parecia ser um lugar sem presente nem futuro. Se algum dia uma praga destruísse os cajueiros da região a situação pioraria. Nesse lugar Carlos criaria e educaria o filho.

Cada um pegou sua mala, seguiram por um corredor comprido, estreito e mal iluminado, um puxado de tijolos não revestidos ladeado por quartos pequenos, com uma cama de casal, um varal de parede a parede, uma pia e uma janela dando para o corredor, em cuja extremidade ficava o único banheiro.

O telhado de folhas de flandres aumentava o calor durante o dia, refrescava à noite e atrapalhava o sono quando chovia. As gotas d'água se chocavam contra as placas metálicas produzindo ruído incômodo ao bem-dormir, pelos buracos onde pregos enferrujados se soltaram havia goteiras. Nas noites ventosas o barulho metia medo, parecia que tudo voaria para longe rodopiando no meio do temporal.

Não tendo um forro de tábuas a visão era do telhado, o que incomodava. Adamastor imaginou morcegos entrando pelas frestas e sugando seu sangue. Conhecia e temia esses animais noturnos;

havia muitas no porão da casa dos avós. A babá lhe disse que eram ratos voadores que bebiam o sangue de crianças levadas.

A porta sem fechadura aumentou a sensação de insegurança da criança. Qualquer um poderia entrar no quarto e matá-lo. O que pensava não chegava a ser absurdo.

É incompreensível como aquele homem jovem foi parar ali por opção própria. Morava lá por sua própria vontade. Jogar fora uma vida razoável e optar por outra pior não é raro, mas é bizarro.

Quando começou a escurecer deixou o menino sozinho e foi ao clube. Adamastor rezou em silêncio. Custou a pegar no sono. Quando o pai retornou, quase amanhecendo, ele estava sentado na cama chorando baixinho.

Sentiu o cheiro forte do clube de jogo, bilhar e pôquer: charuto, cigarro, álcool e perfume enjoativo usado pelas mulheres que andavam pelo salão em busca de companhia.

O antigo pesadelo voltou acompanhado de outro. Como antes, caía no abismo sem fim, parecia levar horas desabando sem chegar ao fundo, acordava, voltava a dormir e um novo pesadelo aparecia, o esqueleto que pensava ser da mãe saía do guarda-comida da sala da avó, circundava a cama querendo estrangulá-lo. Acordava outra vez, rezava aos santos que a babá havia lhe ensinado recorrer, pedia em desespero para voltar a Porto Alegre, sem saber que isto era impossível.

Quando o pai levantou o sol já ia alto. Adamastor só soube que era dia quando chegou à sala para o café da manhã, não havia como a luz do sol entrar para iluminar os quartos, o corredor, espantar morcegos e animar os espíritos.

Tomaram o café acompanhado de tapioca, fatias fritas de fruta-pão e bolo de fubá, comidas estranhas ao menino. Em seguida o pai saiu e disse à senhoria:

— Madalena, dá uma olhada no guri.

— Pode deixar, Carlos.

O menino sentiu medo, muito medo. Por anos quando lembra aquele dia treme e sua. Sem saber o que fazer naquele lugar horroroso, descuidado, malcheiroso, com uma mulher com aparência repulsiva, só lhe restava chorar.

A uma palavra daquela mulher e seu sangue seria sugado pelos ratos voadores que atacam crianças desobedientes. O que seria ser desobediente naquele inferno? Para saber se está agindo de modo certo ou errado é necessário conhecer as regras locais. Conhecia as da casa dos avós e procurava ficar afastado de castigos. Aqui não sabia o que podia ou não fazer. Admitiu não haver regras. Nesse caso estava à mercê daquela pessoa repugnante.

Nesses momentos de desesperança a fé em Deus, nos santos e anjos é insubstituível. Sabia invocar ajuda celestial por orações em alemão, suspeitou que não seriam entendidas onde estava e aceitou que sua sobrevivência dependia dele, somente dele.

Dúvidas e mais dúvidas enchiam sua cabeça, enfraqueciam sua fé; começava a desconfiar do sobrenatural e do natural.

Voltou ao quarto, se deitou, puxou o lençol até a cabeça. Pensou fugir. Para onde? Sequer sabia onde estava.

Cansado, desesperado, saiu de seu esconderijo e foi para a rua embarrada pelo chuvisco da madrugada. Viu algumas casas pensou em pedir socorro, talvez alguém se apiedasse dele e o acolhesse. Queria apenas proteção, sabia que jamais a receberia do pai. A partir daquele momento passou a odiá-lo.

Ficou toda a manhã sentado numa pedra em frente à pensão olhando a vista, um morrote com capim rasteiro, uns bodes pastando e um matadouro no sopé.

Assustou-se com os berros desesperados do gado. Bois muito magros, indo aos gritos e a chicotadas para o lugar onde seriam sacrificados a marretadas.

Teve pena dos animais. Chorou por ele e por eles, caminhou ao léu. Estranhamente, passou a ir todos os dias àquele lugar, onde encontrava sofrimento maior que o seu.

Não poderia o contador da prefeitura morar em lugar mais confortável? Poderia, não fosse seu descontrole com o jogo. Perdia mais do que ganhava. O aluguel estava sempre atrasado, a proprietária não se incomodava. Com seu jeito sedutor ele resolvia os problemas dele e dela. Somente alguém alcoolizado, com o sono turvando seus sentidos e com aluguéis atrasados poderia oferecer minutos de paixão àquela criatura.

Essa foi a rotina do menino por quatro meses.

Num dia o pai o levou à prefeitura. A secretária não sabia que "seu" Carlos tinha filho. O menino, aparentando desnutrição, cheirava mal, vestia roupa tão suja quanto ele, escabelado e com um estranho olhar que ela nunca vira em uma criança, recusou o abraço que tentou dar. Perguntou seu nome, não teve resposta.

A secretária, jovem, cabelos pretos, bonita, pele morena clara, altura média, parecia ser pessoa resoluta. Ria pouco, se queria alguma coisa sabia o que fazer para ela acontecer, assim começou a conquistar a criança.

Pediu ao chefe trazê-lo todos os dias; lhe dava doces e brinquedos, na hora do almoço o levava à casa dos seus pais. Carlos passou a deixá-lo com a família de Laura, se sentiu aliviado, era como se tivesse descalçado um sapato apertado.

Com seus pais, moravam ela e duas irmãs mais moças, os filhos homens haviam partido para lugares melhores. Todos que podiam iam embora buscar um futuro.

Adamastor passou a receber proteção e carinho, chamava os velhos de avô, avó e Laura de mãe. Tinha um quarto só seu, onde dormia com a luz acesa, tinha medo do escuro.

Quando completou cinco anos teve sua primeira festa de aniversário. Vieram crianças da vizinhança. O pai não apareceu, ninguém ficou surpreso. O aniversariante achou melhor assim, sua presença trazia inquietação, poderia levá-lo para outro lugar, tirá-lo da família que o adotara e, do mais importante, pela primeira vez tinha alguém para chamar de mãe.

Sempre alegre, só fechava a cara nas raras visitas do pai. O que ele havia produzido na mente do filho era irreversível.

O que não sabia é que os maus momentos continuariam a acompanhá-lo, tivesse onde estivesse.

11
O CASAMENTO

Aos sete anos Adamastor soube que seu pai casaria com Laura. Considerou aquela intromissão perigosa. Os dias ruins poderiam voltar, pensou. Estava com razão, o pai não estava preparado para as obrigações que viriam com o casamento.

Cogitou continuar morando com os "avós", imaginou que o casal iria para a pensão. Sentiu pena de Laura.

União do chefe com a secretária se deu por razões práticas, a mais comum das ocorrências.

Ela chegara aos trinta anos, "balzaquiana", se não arrumasse um marido morreria solteira. Apegara-se ao pequeno Adamastor e não queria passar a velhice só. Carlos teria alguém para organizar sua vida. Organizar sua vida entendia bem atendê-lo nos serviços domésticos.

A expectativa do menino era uma nova ruptura. A primeira se deu quando foi largado pelo pai com um desconhecido. A segunda quando foi expulso de onde se sentia seguro e remetido ao desconhecido.

Agora, antevia mais uma tragédia. Sabia que deveria esperar o pior, precisaria se resguardar do que vinha pela frente.

Sua vida seria novamente modificada? Seu pai voltaria a ela? Sabia que, mesmo sem querer, ele faria coisas que não deveria fazer, diria coisas que não deveriam ser ditas, era de sua natureza.

O que aconteceria? Impossível adivinhar, mas tinha a mesma certeza daqueles que vivem no sopé de vulcões ou em áreas que podem ser varridas por maremotos, em algum momento o que pressentem ocorrerá. O que se avizinhava traria más notícias.

Os pais de Laura ficaram apreensivos. Fazer o quê? Era a última chance de desencalhar a filha, só restava apoiá-la. Laura tinha personalidade forte; se aprovavam ou não era problema deles.

O casamento foi celebrado na modesta igreja da cidade pelo pároco, padre com nove filhos, "sobrinhos", como era chamada a prole dos clérigos católicos, coisa comum na região.

Num sábado de muito calor, na falta do que fazer todos foram à igreja. Logo após a cerimônia religiosa haveria uma recepção no armazém do pai da noiva, ninguém queria perdê-la.

Sem marcha nupcial, acompanhada por seu pai, Laura entrou vestida de branco, representação de sua pureza. Pouco atrás, um pouco grandinho para isso, com cara amarrada, sob risadas dos meninos que acompanhavam os pais, vestindo uma roupa de príncipe saída de algum baú de coisas sem serventia, Adamastor carregava uma almofada de veludo azul, sobre ela vinham as duas alianças.

A cena de péssimo gosto foi de chacota dos homens e bem-aceita por moças e senhoras. As esperançosas de algum dia casar disseram que fariam o mesmo, um pequeno príncipe conduziria as alianças.

No altar, o oficiante limpava suor da testa, chegou a mandar apagar as velas para amenizar o calor. O noivo parecia apressado, distraído; sem dúvida pensava em coisas distantes da cerimônia, sequer notou a participação ridícula de seu filho. Se tivesse tido o mínimo interesse naquilo, poderia ter poupado o menino do momento difícil pelo qual passava.

Uma vez abençoados com o sacramento do matrimônio, trocaram um rápido beijo e se puseram a andar para a porta. Pareciam querer fugir um do outro.

Seguidos pelos convidados, os noivos davam ritmo apressado à caminhada pela rua poeirenta em direção ao melhor da tarde: a recepção preparada pelas empregadas da família da noiva e supervisionada pela governanta do padre, banqueteira de mão-cheia, como ela gostava de propagar.

Num sermão, falando das bodas de Canaã, o pároco reforçou a importância do evento bíblico comparando-o aos banquetes organizados por sua governanta.

Quando o cortejo passou pelo clube, os amigos de Carlos, da porta, fizeram gracejos, que não o incomodaram, mas lembraram expectativas sombrias à noiva, que, nesse momento, considerou impensado o ato recém-praticado.

A lua de mel foi no que restava do fim de semana na vizinha cidade portuária, onde havia um hotel razoável e o mais afamado bordel das redondezas.

Carlos pensou dar uma volta por lá enquanto sua esposa dormia, tentando recuperar as energias e aliviar a dor nos pés, pouco habituados a sapatos de salto alto. Resistiu, permaneceu onde sua presença era exigida. Como sua noiva, pressentiu ter cometido um erro.

Na segunda-feira pela manhã retornaram de ônibus. A noiva, na pressa de acabar com aquilo, só levou o vestido de noiva, então amassado e com a borda empoeirada, esqueceu a mala que sua mãe preparou com camisola de seda, chinelo de quarto, rolinhos para o cabelo, vestido para passear pela praia, perfumes e sabonetes franceses.

Domingo, enquanto almoçavam e espantavam moscas no restaurante do hotel, chegou um capitão de navio conhecido de Carlos. Cumprimentou o amigo e foi apresentado à moça estranhamente vestida: "Minha esposa." "Casou outra vez? Que fim levou aquela moreninha bonita?"

Quando Laura soube que seu marido era casado sentiu seus valores serem pisoteados. A jovem católica sofreu mágoa jamais reparada.

Carlos inventou uma história qualquer. Sem demonstrar preocupação, continuou comendo a moqueca de frutos do mar como se nada houvesse acontecido. Mais atento às moscas que à jovem suada com roupa que a envergonhava e chamava atenção dos que almoçavam ou passavam pela rua.

O que fazer? Laura não tinha solução para questão imoral como essa.

Não havia divórcio, o desquite impedia outro casamento e arruinava a vida das mulheres. As desquitadas estavam na mais baixa escala social. Passou a odiar seu marido. Uniu-se a Adamastor nesse sentimento que envenena almas e separa irremediavelmente pessoas.

Temeu ser amaldiçoada e expulsa da Igreja. Para sua sorte nem seus pais nem os moradores do lugarejo sabiam da tragédia que se abatera sobre ela.

Continuou indo à missa dos domingos, ficava no fundo da igreja, tinha medo de ser expulsa pelas pessoas de bem, jogada na rua e ser apedrejada pela filharada do padre.

Parou de comungar, não podia confessar seu pecado, involuntário, mas imperdoável. O padre estranhou: "Minha filha se confesse. Certas estripulias na noite de núpcias são aceitas pela Igreja. Ainda lembro a confissão de sua mãe. Venha me contar o que lhe incomoda, lhe perdoarei."

Carlos alugou uma casa habitável, com três quartos, uma sala espaçosa e enorme cozinha onde trabalhavam duas empregadas emprestadas pela mãe de Laura.

Adamastor tinha um quarto só seu.

Sem os protetores nove meses exigidos pela biologia e pela moralidade, Laura deu à luz a um menino.

Toda ordem de explicações foi prestada à sociedade: "Nasceu de sete meses, como Napoleão Bonaparte." "Em mulheres velhas, minha filha tem trinta e um anos, nascem até com seis meses."

As explicações eram hipocritamente aceitas, mas o falatório sobre o estranho nascimento corria solto, "Ela se casou há dias e já está com aquele barrigão." "Dissimulada, devassa e com aquele ar de inocência." "Pobre criança, é horrorosa. Pudera, é fruto da luxúria dos pais."

Mirrado, feio, parecia pouco saudável. Com o tempo perceberam que não tomava leite, passaram alimentá-lo com um mingau de farinha vitaminada vinda da Europa nos navios que chegavam ao porto.

Desse modo não morreu. Foi bem recebido pelo irmão e pela mãe, com indiferença pelo pai e com preocupação pelos avós.

Carlos aparecia pouco em casa, além da prefeitura tinha agora um outro emprego, trabalhava numa empresa exportadora.

A família vivia com conforto. Laura passou a se dedicar apenas ao lar. Adamastor frequentava uma escolinha que funcionava na casa da própria professora.

Como acharam que o recém-nascido não duraria muito, esperaram alguns meses para lhe dar um nome. Passou a se chamar Archibaldo Gonçalves Beltrão.

Não foi batizado. O pecado dos pais agora era de amplo conhecimento. O padre em bem-intencionado sermão na missa dominical anunciou o que todos já sabiam, comunicou que não batizaria aquela criatura carregada de mais faltas que o simples pecado original, comum a todas crianças: "Ele nasceu em pecado mortal."

Uma história se espalhou rapidamente. Crianças nascidas de pais desobedientes às regras da Igreja e que não tomam leite do peito da mãe, são barradas na porta do Limbo e encaminhadas ao Inferno. Uns diziam que estava na *Bíblia*; o professor de literatura disse ter lido em Dante, outros falaram que foi invenção do padre.

As paroquianas ficaram aliviadas com a informação de um padre aposentado, que o pecado do bastardo não era transmissível. Voltaram a fazer compras no armazém do avô e a cumprimentar a mãe.

Um médico jovem, vindo da capital, abriu consultório na cidade. Tão longo soube da boa nova, Laura levou a criança para ser examinada. Queria saber por que ela recusava seu leite.

O médico ouviu com atenção o que ela falou, ele agarrou o paciente e passou a dar tapas em suas costas, sacudir a cabeça, ouvir o pulmão, bater com um martelinho nos joelhos. Foi taxativo:

— O menino é alérgico a leite.

— Isto tem a ver com pecado mortal?

Ficou sem resposta. Dizer o quê?

— Dona Laura deixe-me ver seus seios. Às vezes crianças com esse tipo de alergia gostam do leite, mas não dos peitos da mãe.

Morrendo de vergonha, Laura tirou a blusa e o sutiã. O médico passou a examiná-la com cuidado.

— Não se preocupe. É um exame complexo, demora um pouco.

Quase meia hora depois disse:

— Está tudo bem. A alergia deve ser apenas ao leite. Retorne todas as semanas. Preciso examiná-la constantemente e saber se houve alguma alteração na doença de meu jovem cliente. Não precisa trazer a criança.

Sem ninguém para falar a respeito da meticulosa avaliação científica, Laura a guardou para si.

A frequente ausência de Carlos Beltrão, repudiado por dois terços de seus dependentes, só era quebrada no almoço dos domingos. Nesse dia, por ordem do padre, o clube não abria, de resto chegava pela madrugada e saía cedo.

Não nasceu mais ninguém na família, bastava um filho rejeitado ao nascer e outro fruto do pecado.

As conversas do pai com a família eram inacessíveis aos meninos, um sequer balbuciava e o outro rejeitava tudo que vinha dele. A mãe dedicada a cuidar de seus filhos ouvia sem interesse os longos discursos sobre o que se passava na Europa, em guerra mais uma vez, os reflexos sobre o Brasil e a cidade.

Pode-se dizer que o único ouvinte dele era ele mesmo. Isso não lhe incomodava.

Não havia estação de rádio, poucas cidades tinham. As grandes notícias eram dadas pelo alto-falante da prefeitura. Foi assim que souberam que o Brasil declarara guerra de só uma vez à Alemanha, à Itália e ao Japão.

Por todo o país o povo foi às ruas soltar fogos, dançar, pular, exaltar o ditador por sua coragem.

Soube-se, mais tarde, que a antiga babá de Adamastor foi presa e encaminhada a um dos campos de concentração criados para apartar os inimigos da sociedade. A associação germânica foi fechada, um clube de futebol com nome de cidade inimiga passou a homenagear um político local.

12
MOMENTO MARCANTE — RINALDA

Na casa vizinha à de minha morava uma menina lourinha, raridade na região, a maledicência dizia que a mãe teve um caso com um marinheiro sueco.

Era um pouco mais velha que Adamastor. Os dois se olhavam pela janela; ela ria, ele encabulava, até que num dia o chamou à sua casa, melhor, ao porão da casa.

Mandou-o parar a um metro de distância. Levantou a saia e baixou a calcinha. Adamastor ficou com os olhos vidrados, pálido, surpreso, o coração pulava, via o que ele imaginava existir mesmo não sabendo como era. Saiu correndo, ela continuou rindo.

A cena passou a ser repetida quase todos dias, sempre por iniciativa dela. Ele queria mais. "Calma Adamastor, quando a gente casar tudo será seu." — dizia a bela Rinalda, filha do Rildo e da Nalda.

A promessa enlouqueceu o menino, tanto pela perspectiva alvissareira quanto pelo erotismo contido na curta frase. Correu para casa e deu prosseguimento a seus sonhos.

Os anos foram passando e a cidade melhorando. A rua principal foi calçada e iluminada, foi construído um coreto na praça central, aberto um cinema, colocado em frente à prefeitura um busto de bronze de herói desconhecido, comprado em um brechó na capital, e inaugurada uma emissora de rádio.

As pessoas passaram a comprar os aparelhos apropriados para ouvir músicas e notícias, alguns descobriram as ondas curtas. O armazém do avô prosperou. Foi criada uma linha de ônibus semanal que, em apenas dois dias de viagem, deixava seus passageiros na linha férrea onde podiam pegar o trem e ir para onde quisessem.

Carlos passou a ouvir a BBC e ser o porta-voz de Churchill. Imitando a voz do primeiro-ministro inglês, contava a todos o que se passava na Londres bombardeada pelos nazistas. No clube e na prefeitura fazia grande sucesso, em casa só o menorzinho ria das caretas do imitador.

As melhorias locais e conhecer Rinalda fez Adamastor considerar sábia a mudança para aquele lugar distante de tudo. Terminaria o ginásio, casaria e passaria a trabalhar com seu sogro. Teria filhos que seriam educados com carinho.

Declarada guerra, o governo proibiu qualquer menção de apoio aos inimigos em qualquer lugar do Brasil. Todos deveriam denunciar à polícia ocorrências desta natureza.

Adamastor adquirira o hábito de cantarolar o hino alemão, lembrança da infância. Certa feita indo ver o avô, passou pelo juiz de Direito, que de pronto reconheceu a canção inimiga e mandou prender o menino. A notícia da prisão de um espião nazista se espalhou rápido.

O padre mencionou haver na cidade um discípulo de Hitler, o jornal semanal insinuou que ele se comunicava por um rádio secreto com o inimigo, estenderam a suspeição a seus pais e ao irmão com quase quatro anos de idade.

O prefeito mandou um telegrama ao governador contando o que se passava e pedindo reforços policiais.

Dois dias depois, de avião, chegaram um investigador especializado em arrancar confissões e outro mais intelectualizado para formular as perguntas corretas ao suspeito, ambos grandes e com má aparência.

Foram levados ao fórum e dali à delegacia. O juiz prudentemente recusou o convite para assistir o interrogatório. O padre, também convidado, aceitou, lembraria da Santa Inquisição, que segundo ele não poderia ter sido encerrada tão cedo; fazia falta em momentos como esse.

Adamastor foi apertado durante dois dias. Contou a história da babá alemã, da avó, da prima abobalhada, só piorou as coisas. Não havia dúvida, apesar da pouca idade fora treinado para o que fazia, apesar de não saberem o que ele fazia, além de assobiar o hino do inimigo. Imaginaram ser uma maneira de se comunicar com comparsas.

Sem querer, o magistrado descobrira uma célula nazista naquele lugar improvável, imaginou que a descoberta o promoveria. Contou à mulher, que espalhou a nova pela cidade:

— Ângelus será promovido a desembargador. Iremos para a capital. Esse povo que diz que ele é um boquirroto ignorante que gosta de soltar bandido, vai ver. Quem sabe iremos para o Rio de Janeiro, para o Tribunal de Segurança Nacional.

Começou a procurar nas revistas de moda roupas adequadas à nova posição do marido.

O interrogatório prosseguia. As costas do menino estavam bastante machucadas, mas ele não contava nada: onde estava o rádio secreto, quem eram seus cúmplices, se era da SS, Gestapo ou de organizações semelhantes.

— Você não é daqui, de onde veio?

— De Porto Alegre, no Rio Grande do Sul.

— Fica na Alemanha?

O interrogatório prosseguiu sem o sucesso, só restava colocar o suspeito no "pau-de-arara". O padre concordou, mandou buscar o material sagrado para dar a extrema-unção caso aquilo fosse mais longe.

O pai estava no clube, perdendo, se endividando, sem tempo para assuntos menores. Laura, coitada, cuidava dia e noite do filho, muito fraco, sem comer, tossindo e coçando a cabeça. Seu tempo ficou escasso quando passou a ser examinada pelo médico com mais frequência.

Apenas o avô foi à delegacia. Corajoso, não se intimidou ao ser ameaçado por acobertar o espião, disse apenas: "A música é de Joseph Haydn, é belíssima, está no repertório de nossa filarmônica."

Mandaram o velho maestro embora, antes de ir preencheu uma ficha com seus dados, ressaltando como e em que circunstância conheceu o nazista por ele citado. "Não esqueça de colocar de que modo vocês se comunicam."

Souberam que o suspeito era filho do contador da prefeitura, que pelo seu aspecto físico tinha o apelido de Alemão.

Quando encontrou um tempo ele foi à delegacia, se inteirou dos fatos e pediu para ligar para o governador do estado, seu conhecido do tempo em que morou no Rio, que deu ordem aos policiais para acabar com aquela palhaçada.

Obedeceram, mas enviaram um telegrama à polícia política no Rio de Janeiro levantando suspeitas sobre o governador, que chegaram aos ouvidos do ditador, que fazendo uma pequena confusão mandou investigá-lo sob suspeita de ser comunista, mesmo não sendo confirmada a denúncia foi afastado.

O juiz, por ser precipitado, foi removido para comarca distante, de onde nunca mais saiu.

No dia de meu aniversário, colaram uma faixa branca com letras vermelhas na parede da sala de refeições de nossa casa: "Parabéns Archibaldo."

Quando cheguei da rua onde brincava, perguntei à empregada o que era aquilo. Rindo, respondeu: "É para festejar o aniversário do Archibaldo, ele está fazendo quatro anos." "Quem é Archibaldo?" "É você. Hoje é seu aniversário. Parabéns."

Achei bom ter um nome, me chamavam de menino, pensava ser esse meu nome.

Não sabia dizer o que eu sentia, era algo estranho, era como entender que a partir desse dia eu passava a existir. Arrastei comigo para sempre esse pensamento. Nasci no dia que fiz quatro anos

Laura, minha mãe, quis fazer uma festa para festejar a grande data; nenhuma mãe aceitou o convite. Tive uma doença estranha, caiu todo cabelo. Fiquei careca. A doença poderia atingir seus filhos.

Voltaram às velhas histórias misturadas às novas, associaram o mal a não tomar leite, a ser concebido em pecado, nascer antes da hora, ser filho de um alemão, irmão de nazista e neto de amigo de agente da Gestapo, o tal Joseph Haydn.

As mães afastaram seus filhos da perigosa companhia, poderiam pegar a doença desconhecida e ficarem carecas.

Chamado, o médico veio me ver, examinou e foi categórico:

— Alergia, o menino é propenso a alergias. Primeiro ao leite, depois dessa outras virão.

Mandou lavar a cabeça com uma substância sulfurosa e espremer os furúnculos, coisas que minha mãe fez.

As empregadas espalharam que eu cheirava a enxofre — odor do Inferno. Tudo ficou esclarecido, eu era filho de Satanás. Beatas piedosas passaram a rezar novenas e mais novenas para eu não morrer. Uma mãe de santo pediu o mesmo.

Um preto velho fez um despacho com galinha, farofa de dendê, frutas e outras oferendas cuidadosamente arrumadas numa travessa de barro, pediu minha cura. Deu certo. Repentinamente acabou o que provocava a queda de meu cabelo e o cheiro de Satanás desapareceu.

A boa nova se espalhou e o terreiro do curandeiro ficou mais cheio que o posto médico da prefeitura. Veio gente de outras cidades.

Logo depois de minha cura, mamãe teve uma crise de espirros que durou uma semana. Não dormiu, não cozinhou, não acompanhou o crescimento de meu cabelo.

Chamado o médico, ele auscultou o pulmão, olhou a garganta, "diga trinta e três cinco vezes", bateu com o martelinho no joelho, tirou a temperatura e se sentiu em condições de afirmar: "A senhora está com alergia a enxofre. O cheiro está por toda a casa, pare de lavar a cabeça do menino, o cabelo já está crescendo. Logo os espirros cessarão."

A essa época, eu passei entender as coisas que ocorriam à minha redondeza. Associei todas as doenças à alergia. Decidi ser médico, sabia o que fazer e o que dizer.

Num dia chuvoso, Adamastor me levou à casa da vizinha para ver o que sua noiva fazia.

Ela relutou em tornar público um ato privado. Queria que eu fosse embora. Por fim se rendeu aos argumentos de Adamastor e iniciou o espetáculo. Tomei um susto e sai correndo, eles ficaram rindo.

Duas semanas depois voltamos. Rinalda nos recebeu bem, aceitou que o que fazia ficaria só entres nós. Levantou a saia e baixou a calcinha. Não me assustei, perguntei o que era aquilo que via pela primeira vez. Explicaram.

Na volta entrei em casa gritando:

— Mãe, Rinalda não tem pinto. Deve ser alergia.

— A galinha está chocando doze ovos, quando os pintinhos nascerem leve um para ela.

Contei para meu irmão. Adamastor só falou:

— Archibaldo, você é muito burro.

Rindo, fomos para o rio ver as lavadeiras lavando as roupas com os peitos para fora. Lá estava meu médico, olhando o mesmo que nós dois.

Sempre curioso, perguntei a Adamastor para que serviam aquelas coisas, aprendi que eram para dar leite às crianças; logo deduzi que minha não tinha aquilo, se tivesse eu não precisaria comer a farinha insonsa.

Muito cedo conheci "aquilo", meu irmão ensinou para que servia e quais eram seus perigos. Aos quatro anos deixei de acreditar na cegonha trazendo bebês.

Minha mãe tinha no rosto uma expressão permanentemente triste, nada parecia lhe trazer alegria. Muitos anos depois compreendi a razão de tanta tristeza. O casamento só lhe trouxe desencantos. Pobre Laura, viveu sem conhecer o amor e a felicidade.

Carlos continuava jogando. O dinheiro começou a escassear. Sua mulher cobrava responsabilidade. Irritava-se, tornou-se agressivo. Eu e meu irmão percebemos que a situação não ia bem. Começaram a faltar coisas em casa. Fiquei sem a farinha nutritiva e Adamastor foi para o grupo escolar da prefeitura.

A cidade prosperando e Carlos, como de hábito, andando para trás.

Num dia, anoitecendo, apareceu meu avô, veio com a irmã mais moça de minha mãe. Mandaram as crianças saírem da sala: "Vão brincar no matadouro." Tão logo o velho deu início à conversa, mamãe começou a chorar.

Com a abatedouro fechado, só restou a mim e meu irmão, escondidos, ouvir o que conversavam.

Pelo tom de voz de meu avô e o choro de sua filha deu para perceber que era assunto grave, muito grave.

Logo depois chegou meu pai, apressado, gritou: "Arruma uma mala, rápido!" Mais conversas, mais lágrimas.

Noite escura chegou um automóvel preto, parou em frente à nossa casa. Meu pai entrou no carro que arrancou levantando poeira, da janela acenou para os dois filhos e à mulher.

Minutos depois apareceram alguns homens. Deu para ouvir e nunca esquecer: "O Alemão fugiu."

Nossa mãe perguntou se tinha algo a ver com nazismo. Um dos guardas disse: "Muito pior, se trata de um desfalque na prefeitura."

A vergonha tomou conta dos adultos da família, evitavam sair para não serem hostilizados. Meu avô deve ter pensado, mas não disse: "Eu não falei." Cabisbaixo voltou para casa.

Nós três, agora sós, intuímos que nunca mais veríamos o chefe da família. Pode-se dizer que o evento não envolveu maiores emoções, se esgotou com a gritaria e o carro preto saindo rápido.

Mamãe voltou a trabalhar, nos mudamos para a casa de seus pais. Continuamos próximos a Rinalda, o que era o mais importante.

Adamastor gostou do ocorrido, eu nem tanto, começava a me apegar a nosso pai. Mamãe, não fosse o disse me disse correndo na cidade, não teria se importado com a fuga. Por causa do falatório inventou que assim que tudo se acalmasse voltariam a viver junto.

Passados alguns meses, o prefeito procurou nosso avô e entregou o relatório da sindicância realizada. Carlos era inocente, a trapalhada fora feita por outro contador, já preso. Foi o primeiro suspeito porque todos sabiam de suas dívidas no clube.

A carta do prefeito foi pregada na porta do armazém transmitindo a todos a verdade. O pároco, pelo impacto causado, lembrou das teses heréticas de Lutero pregadas na porta da igreja de Wittenberg.

Muitos não gostaram, espalharam que a sindicância foi feita para inocentar o Alemão. Passaram a espalhar que o prefeito era nazista.

Mamãe escreveu para seu marido dando a boa-nova, um mês depois recebeu um telegrama lacônico: "Ótimo. Abraços, Carlos."

A mensagem aberta com mãos trêmulas, coração acelerado, sorriso otimista, lágrimas de alegria prontas para saltar dos olhos, com o grito agudo, natural nas mulheres quando recebem boas notícias, quase fora da garganta. Tudo ficou contido após a leitura das três palavras. Levou o telegrama para o quarto, leu várias vezes, queria decifrar alguma coisa não escrita, poderia estar em código, afinal o país vivia numa ditadura, a censura era um de seus sustentáculos. Por fim, considerou difícil haver algo oculto em apenas três palavras.

Após centenas de leituras entendeu o que ele queria dizer: não quer nos ver. Vai se casar com outra mulher, não ama sua família.

Misturando indignação a ódio, tomou uma decisão, iria para a cidade fria e distante. Enfrentaria tudo o que viesse pela frente — as hostilidades do marido e, pelo que Adamastor falava, o desprezo da nova família.

Considerou este o melhor caminho para limpar o que lhe restava de honra, bastante arranhada com sucessão de eventos desastrosos: casamento com homem casado, mãe de menino horroroso, boatos sobre as idas ao médico duas vezes por semana, e abandonada por quem lhe afastou do caminho da salvação.

Comunicou a decisão a seus pais. Começou a organizar a viagem e ver quanto precisaria para as despesas.

O ônibus saía às quartas-feiras, dois dias de viagem e pegariam o trem para o Rio de Janeiro. O navio para Porto Alegre saía de quinze em quinze dias. Suas economias e mais uma ajuda do pai permitiriam pagar as passagens em segunda classe no trem e no navio, e sentados no ônibus, passagens mais caras que as "de pé", e ficar até duas semanas em um hotel modesto no Rio.

Esperou um tempo e comunicou ao marido sua decisão, informou as datas e as despesas. Demorou, mas chegou um telegrama: "Comprei passagens Loyde, navio sai Rio três dias depois chegada vocês, reservas Park Hotel, centro cidade. Boa viagem, Carlos."

Laura ficou aliviada, menos despesas e menos mensagens ocultas que davam margem a qualquer interpretação — podiam ser boas ou ruins.

Leu para os filhos. Perceberam que a ida era irreversível.

Desapontado, Adamastor comunicou a viagem à amada Rinalda. Choraram abraçados. Ela sugeriu fugirem. Adamastor se acovardou, preferiu carregar a dor da saudade, sem se preocupar o que sentiria sua amada. Num gesto de carinho, o último, tirou toda a roupa e deixou Adamastor beijá-la.

Nesse momento me aproximei de Rinalda. Fiquei tonto, desabei. Pensaram que eu havia morrido; se acalmaram ao perceberem que era apenas um desmaio. Do jeito que estava, a menina buscou um balde d'água e jogou em cima de mim, olhei para ela e saí correndo, todo molhado.

Tive vontade de dizer: "Rinalda te amo. Eu fujo com você."

— Adamastor, você viu as duas espinhas cor-de-rosa, maiores que as de seu rosto, nascendo no peito dela? Deve ser alergia.

— Archibaldo, você é muito ignorante.

No dia da partida todos choraram. O avô comentou: "Vão sentir muita saudade de nós e nós deles."

A razão das lágrimas estava ali. Rinalda, despida pela minha imaginação, abraçada à mãe via seu noivo partir; ele e seu futuro cunhado choravam a imensa perda.

Preocupado, perguntei a meu irmão:

— Adamastor será que as meninas de lá têm pinto?

Sem resposta demorei muito tempo para saber se tinham ou não.

13
A CHEGADA

A viagem transcorreu sem incidentes. Incômoda no ônibus, boa no trem e divertida no navio, onde Adamastor, lembrando a experiência anterior, deu explicações a mim, passageiro neófito. Começou pela casa das máquinas e terminou na ponte de comando.

No Rio de Janeiro me encantei com os letreiros luminosos, as sorveterias, os bondes e, principalmente, com a Mesbla, segundo mamãe aquelas lojas empilhadas em vários andares só existiam naquela cidade: "Isso não existe nem na América." Sempre foi firme em suas afirmações.

Dez dias depois do começo da aventura chegamos são e salvos ao nosso destino, Porto Alegre.

Era verão, estava tão quente quanto o lugar de onde viemos. Fomos recebidos no cais do porto por meu pai e acompanhado de uma irmã mais velha, a desquitada. A recepção foi acalorada, com abraços, beijos e beliscões nas bochechas.

— Adamastor, lembra de mim? Sou sua tia. Laura, seja bem-vinda.

Ela não notou minha presença. Não fiquei chateado.

Adamastor fugiu de seu abraço e limpou o beijo com o dorso da mão. Minha mãe a cumprimentou com frieza e ignorou seu marido.

Minha ignorância me poupava dos receios sentidos pelos meus dois companheiros de viagem. Adamastor estava na defensiva e mamãe insegura. Nosso pai aparentava satisfação em reencontrar sua família.

Depois de descarregadas as malas, os baús seriam entregues daí a alguns dias. Deixamos o porto em um carro de praça, fomos para a casa velha conhecida de Adamastor.

Tudo estava do mesmo jeito como no dia em que ele foi expulso dali. A avó na mesma cadeira de balanço, os móveis escuros, os ossos exumados da bisavó permaneciam no guarda-comida e a empregada. O avô morrera e a babá saiu do campo de concentração muito estranha, sua família a enviou ao hospício São Pedro.

O processo de internação era simples. Familiares deixavam à noite os parentes incômodos no portão. Pela manhã eram convidados a entrar, recebiam um camisolão branco com enorme carimbo com o nome da instituição.

Enquanto eram feitas as apresentações, Adamastor me levou a conhecer o quintal.

Laura, calada, olhava tudo com curiosidade, seus olhos não paravam. A cunhada trouxe um refresco de limão. Procurava ser amistosa.

A velha se balançava na cadeira e repetia: "Mein leben ist scheisse. Wer bist du?" ("Minha vida é uma merda. Quem é você?").

Carlos achou melhor encerrar a recepção de boas-vindas.

— Vamos conhecer a nossa casa, é perto daqui. Vocês gostarão, é um excelente lugar.

— Deixem as malas, depois a gente pega.

Enquanto saíam deu para ouvir: "Das haus ist scheisse." ("A casa é uma merda.")

Pouco mais de cem metros separavam as duas casas. Meu pai à frente, Adamastor logo atrás e fechando a pequena farândola iam eu e minha mãe.

Percebi que a cidade era melhor que a anterior, mas inferior ao Rio de Janeiro.

— Mãe aqui tem Mesbla?

— Não. Esse lugar não deve ter nada. Diziam que é frio, mas esse calor está insuportável.

Começava um novo tipo de relacionamento entre marido e mulher.

— O que sua mãe falou naquela língua estranha?

— Um pensamento de Schopenhauer que ela gosta de repetir.

— O que ele diz?

— Qualquer coisa como: "Na presença de imbecis e loucos o melhor é ficar calado."

— Ela acha que eu sou imbecil ou louca?

— Não, de modo algum. Você causou ótima impressão. Ela fala pouco, mas gostou de você.

— Ela falou outra coisa, o que foi?

— Outro pensamento de Schopenhauer.

— Olhem, chegamos na casa onde moraremos.

— Só vejo uma porta estreita. A casa tem dois metros de largura? — observou Laura.

— Sim, a entrada é estreita depois alarga.

Aberta a porta percorremos os primeiros metros de um corredor escuro e apertado. Adamastor lembrou da pensão onde morou com o pai.

Mais adiante a casa ficou um pouco mais larga, ganhou dois metros, era o banheiro. Com mais dez passos o grupo chegou à cozinha e à minúscula sala de refeições, a casa alargou mais uns quatro metros, finalmente um lugar claro, dava para um pequeno quintal.

O segundo piso tinha acesso por uma escada de madeira, comprida, mais na vertical que as escadas que passam de um andar para outro em residências normais, era mais apropriada a um depósito. No topo havia uma salinha ligada ao quarto, o único, por um corredor com um metro de largura com tábuas que rangiam quando alguém passava.

No quarto, com uma janela para o quintal, uma cama de casal e dois berços; neles dormiríamos eu e Adamastor, que ficou com os pés para fora da cama; apropriada a um bebê grande ou a um menino pequeno.

— Pai, meu berço é pequeno.

— Não reclame, dois primos seus dormiram aí até os cinco anos.

— Eu vou fazer onze anos.

Detalhes nunca preocuparam o chefe da família.

A casa era sombria, nada acolhedora. Adamastor parou de falar com o pai. Eu sentia saudades de Rinalda. Mamãe sabia que dali não sairíamos tão cedo, chegou a pensar em retornar, só não partiu por não saber como enfrentaria a viagem de volta.

A casa foi construída em terreno apertado entre dois prédios, parecia uma viela. Ninguém se interessou em comprá-la. O velho português, já falido, juntou uns trocados, comprou materiais de demolição, fez uns rabiscos no papel e construiu a estranha casa. Nos pisos da cozinha e do comedouro não havia dois ladrilhos iguais. Pronta, colocou à venda, não apareceu alguém que quisesse morar ali. A mãe a emprestou ao filho sem renda para alugar algo melhor.

Nela vivemos por muitos anos. Adamastor e mamãe não foram felizes naquele lugar. Somente na adolescência me dei conta de onde passara a infância.

Adamastor foi matriculado em um colégio alemão famoso por sua disciplina.

Eu teria de descobrir o que fazer. Passava a maior parte do tempo no quintal da casa de minha avó.

Chegou maio e com ele o frio; passei a brincar dentro de casa. Em breve faria cinco anos sem brinquedos e amigos. Brincava com meus pensamentos, com os bichos imaginários que meu pai prometeu trazer e não trouxe.

Desejava falar com as crianças que enxergava do outro lado da rua, por uma janelinha da porta de minha casa.

Queria causar forte impressão. Saindo à rua faria o discurso de apresentação que preparei: "Vim do outro lado do mundo. Viajei de navio, trem e ônibus. Meu irmão foi encarcerado por ser nazista, meu pai fugiu para não ser preso, minha mãe me teve sem ser casada e eu não fui batizado. Rinalda me mostrou coisas que vocês nunca viram."

Os incrédulos dirão: um menino de cinco anos não diria isto. Estariam certos, a menos que fosse o pequeno Archibaldo que, com uma coleção de histórias em quadrinhos ganha de uma prima e alguma ajuda do irmão, em poucas semanas aprendeu a ler.

Achava que saindo à rua não seria notado, não dariam por sua falta. Minha mãe fazia tudo que era esperado de uma dona de casa: acender o fogão a lenha, ainda de madrugada, costurar, preparar as refeições e colocar os meninos nos berços.

Eu e meu irmão continuávamos dormindo nas camas inapropriadas à nossa idade.

— Adamastor seus pés estão cada vez mais para fora da cama. Você está crescendo?

— Claro, só você que não cresce. Durma.

— Eu sonho com a Rinalda, e você?

— Eu não sonho.

Finalmente pude me aventurar para fora de casa, encontrei a porta aberta e saí. Fui para a direita, entrei num armazém, olhei as prateleiras, o balcão, a caixa registradora e saí; andei para o outro lado, segui até a próxima esquina, voltei para casa cheio de novidades.

Se falasse para minha mãe poderia ficar de castigo, esperei Adamastor voltar do colégio para contar o que vira.

Ele, que já andava de bonde, disse apenas: "Archibaldo você é retardado." Meu primeiro grande feito não repercutiu conforme o esperado.

O outono fez com que conhecêssemos toda a família. Pareciam não querer que os priminhos morressem de frio no inverno. Durante uma semana, parentes passaram na casa estreita para entregar roupas de lã, todas usadas pelos primos quando tinham nossos tamanhos. Algumas peças ficavam curtas outras compridas.

Cada um ganhou um par de ceroulas novas, três números maior. "Dobrem as pernas das ceroulas e desdobrem à medida que forem crescendo." A estranha vestimenta foi entregue sem maiores explicações sobre seu uso. Adamastor sabia o que era, eu não tinha a menor ideia para que servia. Num dia sai para um passeio pela quadra apenas com a roupa desconhecida.

Cada vez admirava mais meu irmão, ele sabia tudo.

Uma prima deixou um casaco cor-de-rosa cheio de bordados: "Está novinho, serve bem no Archibaldo."

Por esta época um anúncio deixou a família excitada: "Acabou a guerra!" Fomos para rua festejar, ver os fogos de artifícios e dar vivas. O Brasil havia derrotado três potências inimigas.

Laura ficou feliz: "Archibaldo, não precisaremos mais ir à fila da manteiga." Era razão suficiente para festejarmos o fim do conflito.

No mês seguinte, Adamastor foi expulso do colégio. Deu um soco no professor de alemão. Entrosei-me com os meninos da rua, fiz amizade com os mais velhos, considerei os de minha idade retardados.

A apresentação enriquecida com mais feitos provocava comentários: "O menino novo andou de trem, ônibus e navio. Enfrentou índios selvagens." "Mãe, o menino que chegou viu uma menina nua!" "Ele matava bois ferozes em um matadouro."

A primeira reação das mães foi proibir seus filhos brincar com aquela criatura estranha. Não surtiu efeito, as crianças gostavam de escutar o heroico vizinho vindo de longe, nem ele sabia de onde. Um mais velho admitiu que eu viera de outro planeta, num disco voador.

Meus amigos se sentavam no primeiro degrau da entrada de um edifício em frente à minha casa, colocavam um espelhinho na calçada para tenta ver o que havia dentro da saia das meninas.

Não tinham sorte, nunca conseguiram enxergar o que eu contava como era. Um dia, com ar professoral disse que só as louras tinham aquilo. Continuaram tentando. Como não enxergavam nada só restava acreditar no eu dizia.

No final do ano mais uma novidade desconhecida na terra próxima à linha do Equador. Minha mãe disse que no dia de Natal viria do Polo Norte um velhinho com barbas brancas e roupa vermelha, chegaria numa carruagem adaptada à neve puxada por renas para distribuir presentes às crianças de todo o mundo.

Com minha experiência de vida perguntei:

— O Polo Norte é longe? Aqui neva no dia de Natal? O que são renas? Por que a roupa é vermelha?

Minha mãe sempre atarefada não respondia. Talvez não soubesse o que dizer.

Meu pai só aparecia para o almoço. Falava o tempo todo sobre a Guerra da Indochina, sem explicar onde ela ficava. Poderia ser perto de nossa casa, nesse caso seria assustador, poderia ficar longe, então não haveria por que me preocupar. Essa informação essencial nunca foi dada. Outros assuntos não lhe interessavam.

Mais adiante passou a dissertar com entusiasmo sobre a Guerra da Coreia.

— Archibaldo, se os comunistas ultrapassarem o paralelo 38 Norte o planeta será destruído.

O alerta me deixou curioso. Pedi a ele me levar ao tal lugar para vermos o fim do mundo de perto.

— Antes que o mundo acabe compre um fogão a gás. Todos os vizinhos têm um, só nós usamos fogão a lenha.

Minha mãe sempre foi prática.

Adamastor tirou minha dúvida. Disse que o Polo Norte era muito distante. Explicou o que eram renas. Em que pese não conhecer geografia, saber se o Polo Norte era longe ou perto, questionei o bizarro meio de transporte utilizado pelo velhinho vestido de vermelho:

— Por que não vem de navio?

Adamastor disse que o tal velhinho não existia. Preferi, em função dos presentes que receberia, acreditar na minha mãe.

Finalmente a grande noite. Fazia muito calor, fomos a pé à casa do tio Arlindo. Minha ansiedade era enorme. "Existir ou não existir, trazer ou não presentes...?"

À meia-noite, Papai Noel chegou de modo espalhafatoso, sentou-se numa espécie de trono, ao lado de uma árvore enfeitada com luzinhas que acendiam e apagavam, e falou altíssimo: "Archibaldo!"

Sempre gritando e soltando uma gargalha desagradável disse: "Sente no colo do Papai Noel." "Não!" "Quantos anos tens?" "Cinco, posso ter mais, mas só conto até cinco." "Vai bem no colégio?" "Não vou ao colégio." Nova risada desagradável. "Obedece ao papai?" "Quase não vejo ele."

O bom velhinho achou melhor abreviar aquilo, abriu o saco dos presentes e começou a tirar roupas de lã já usadas e nenhum brinquedo.

Sem que notassem me deu um beliscão e gritou: "Agora o Adamastor." "Eu não quero roupa dos meus primos, se só tem isso pode levar de volta." Novo beliscão e partiu para sua carruagem puxada por renas.

A noite continuou quente e sem neve. "Ele existe, mas quer que eu use roupas de inverno nesse calor?"

Impactado e decepcionado, comecei a gaguejar.

Na volta para casa com os presentes no saco que Papai Noel esqueceu, só pensava no absurdo daquele evento.

— Archibaldo gostou de ver o bom velhinho?

— Mamãe, ele fa, fa, fala igual ao se, se, seu Arlindo.

— Por que você está gaguejando?

— Fiquei com medo dele. Ele é louco. É tarado. Quis que eu me sentasse no seu colo.

A gagueira aumentou quando fui informado que o coelhinho da Páscoa chegaria em abril com ovos de chocolate.

— Coelho põe ovos? Fala como o Arlindo? Mãe, tudo isso é besteira, não acredite nessas coisas. — disse gaguejando.

Minha mãe achou melhor entregar os ovos de chocolate no café da manhã do domingo de Páscoa, sem escondê-los e mencionar o estranho animal peludo que punha ovos. Gostei dos presentes e deixei de ser gago. O tal coelho não apareceu e me convenci que Papai Noel era uma enorme besteira.

Mudou o ano, Adamastor foi para o ginásio em um colégio de padres e eu para o jardim de infância no grupo escolar.

A expulsão de Adamastor passou a ser esperada para qualquer momento, além de contestar verdades absolutas, perguntava coisas absurdas aos padres: "Por que os judeus atravessaram o mar Vermelho? Não existia o canal de Suez, poderiam ir por terra." "É verdade que vocês são castrados?" "Por que alguns dos padres passam a mão na bunda dos meninos?" Apesar disso era um excelente aluno; o que não o protegia de uma expulsão.

Quanto a mim, creio que assustei as professoras. Sabia ler, mas não sabia contar e passava todo recreio levantando a saia das meninas.

Chamado à diretora, pela primeira vez isso acontecia com um aluno do jardim de infância, dona Rosa Flor me recebeu com curiosidade:

— Archibaldo querido não faça mais isso. As meninas estão com medo de você. Algumas mães já reclamaram.

— Diretora, eu tive uma amiga, chamada Rinalda, que me mostrou aquilo. Ela não tinha pinto, só quero saber se as daqui têm.

A resposta veio com fúria bíblica, aos gritos:

— Archibaldo, se continuar assim vou expulsá-lo. Você cairá na rua da amarguram, jamais conseguirá um emprego e acabará na Casa de Correção, lugar de pervertido. Saia! Socorro! Estou passando mal.

As aulas foram interrompidas, deram um recreio adicional. Com o tempo a diretora voltou ao normal e pediu transferência para outra escola.

Quando terminou o ano, a nova direção achou prudente me tirar do jardim de infância, promover ao primeiro ano do curso primário, contrariando os regulamentos.

Para isso a diretora pediu permissão ao secretário de Educação, que consultou o procurador-geral do estado, que se reuniu com o governador, que ouviu seus assessores e, por fim, após várias reuniões achou melhor tirar o menino tarado do convívio com crianças inocentes.

Por precaução foi assinado um decreto proibindo crianças pervertidas de frequentarem o jardim de infância em escolas estaduais.

O secretário comunicou a decisão à diretora. O menino vocacionado ao mal deveria ser colocado na classe da professora mais rigorosa do colégio, com recomendações especiais de como trataria aquele doente. Antes do fim da reunião, que ocupou toda a tarde, o governador disse ao secretário da Educação:

— Quero conhecer esse rapaz sem escrúpulos, ele tem futuro na política.

— Professora Diamantina, ele veio de muito longe, seu maior divertimento era ver o gado morrer no matadouro e espantar urubus, o irmão foi expulso do colégio por agredir um professor, o pai fugiu para não ser preso, a mãe o gerou fora do casamento e o padre se negou a batizá-lo. Aos quatro anos tinha uma amante. Sei que estou lhe entregando um problema. Todo cuidado é pouco.

— Não se preocupe, senhora diretora. Devo açoitá-lo?

— Só em caso de extrema necessidade. O melhor castigo é tirá-lo do recreio. Uma maçã podre contamina todo o cesto. Ele ficará trancado na sala de aula durante os intervalos.

— Palavras sábias, senhora diretora.

Acabaram as férias e com seis anos eu estava no meio de crianças mais velhas.

Conhecia todos os números e fazia as melhores redações da sala.

— Archibaldo, suas redações são excelentes, mas não precisam terminar com mortes, suicídios, tragédias. Na última, um ônibus conduzido por um menino careca entrou no mato e foi atacado por macacos furiosos, noutra um navio afundou e só o menino careca se salvou; naquela do desastre do trem, o menino sem cabelos conseguiu se safar no meio de uma pilha de cadáveres. Na próxima conclua com alguma coisa alegre, bonita.

— Sim, senhora.

— Diamantina, como vai o degenerado?

— Senhora diretora, é o melhor aluno da sala, mas está aborrecido, não consegue jogar futebol no recreio. As meninas das classes mais adiantadas o puxam para o matinho dos fundos e, todas ao mesmo tempo, levantam as saias e baixam as calcinhas.

— O que ele quer?

— Quer que elas organizem uma fila e deixem um dia de folga para brincar com os meninos.

— Diamantina, deixe ele resolver esse problema, não vamos nos meter. Se isso chegar aos ouvidos do secretário da Educação nós é que seremos expulsas.

— Archibaldo, sua redação está muito boa, mas dá para melhorar um pouquinho. O campo com flores de diversas cores balançando ao vento está lindo, veja se não fica melhor se elas não espalharem veneno e o menino careca não matar um boi magro a pauladas no meio delas. Não há necessidade de a menina lourinha ser molestada no meio da plantação.

— Sim senhora, na próxima redação o boi se casará com a menina e serão felizes para sempre.

Precocemente novidadeiro, contei a meu irmão a descoberta que havia feito:

— Adamastor, lembra as espinhas no peito da Rinalda? As meninas daqui também têm, nas da quinta série são enormes. Acho que é alergia.

Ouviu e me olhou com desprezo.

Minha mãe foi chamada ao colégio.

Com toda a crueza, sem meias palavras, a diretora contou o que se passava comigo.

— Sei quanto é difícil ouvir o que vou lhe dizer, mas devemos enfrentar as verdades por mais duras que sejam: seu filho é louco.

— Louca é a senhora. Ele não tem nada que uma boa surra não cure!

— Saia! A senhora é tão perturbada quanto o menino. Parece até que praticou bigamia, casou-se em pecado e não batizou seu filho.

Mamãe saiu resmungando e logo deu início ao processo de cura de minha loucura.

Recebi uma surra ao longo dos trezentos metros que separavam o colégio de nossa casa.

Pelo sim pelo não, fui levado ao psiquiatra.

Óculos grossos, barba cerrada, roupa austera, no meio da fumaça do cachimbo pediu para a minha mãe contar o que se passava.

O doutor Wilhelm Reich II ouviu tudo. De sério passou a incrédulo, por fim, com o resto de paciência que lhe restava, mandou nós dois embora. Disse que ia ver se encontrava precedentes tão graves na literatura médica; avisaria quando deveríamos retornar.

— Por enquanto tranque o paciente em casa e se for o caso aplique boas palmadas, conforme recomenda a moderna escola alemã de psiquiatria.

Enquanto esperávamos, o elevador, doutor Reich II chamou minha mãe:

— Minha senhora, por favor, nunca esqueça que a sensualidade e a angústia são funções orgânicas que operam em direções opostas. Fui claro?

— Sim, doutor.

O psiquiatra, homem experiente, não queria aquela aberração incurável no seu currículo, chegou a imaginar os jornais dizendo que o menino tarado era seu cliente.

Meu pai quando soube da consulta gritou com sua mulher:

— Esse casamento foi um erro. Casei-me com uma maluca que pariu um degenerado.

Há muito ele não falava comigo, não sabia o que eu fazia.

— Archibaldo, você já sabe ler?

— Sei. Li todo *Queres ler?*

— Leia esse livro, depois conversaremos sobre ele.

Em pouco mais de uma semana li *Crime e Castigo*, e depois *Recordações da casa dos mortos*. Gostei dos dois e adquiri o hábito da leitura.

Completei a terceira série do curso primário, não tinha mais nada a aprender e estava completamente desinteressado de meninas. Nenhuma substituía Rinalda em meus sonhos e desejos. Fui matriculado no colégio católico masculino onde estudava Adamastor.

Minha fama entre os jovens, meninos e meninas, ultrapassava as duas quadras onde brincávamos. Diziam chegar até o centro da cidade.

Quando um menino mais velho conseguiu um exemplar de "*Saúde e Nudismo*", chamado a opinar eu disse apenas: "Já vi coisa melhor."

Adamastor teve quer sair do colégio que me recebia, não que considerassem impossível educar os dois ao mesmo tempo. Não foi por isso, sequer associaram um nome ao outro.

Adamastor ia bem em todas as matérias menos em religião. Suas perguntas eram incômodas àqueles padres jovens e virtuosos, que acreditavam piedosamente, sem qualquer questionamento, nas milenares verdades que aprenderam e ensinavam aos meninos. As questões postas por ele começaram a inquietar a direção.

Um dos melhores quadros da ordem, padre Pascoal, começou a falar coisas que não deveriam ser faladas ao diretor espiritual, que respondia com a falta habitual de argumentos: "Dogma não se questiona, meu filho." "O papa é infalível." "Deus assim quis." Para o padre, transitando das certezas para as dúvidas, essas respostas se tornaram insuficientes.

Num dia, após as orações que antecedia as aulas, Adamastor levantou o braço e ansioso foi logo perguntando:

— Professor, o senhor pode explicar de novo o dilúvio? Tenho muitas dúvidas de como bichos de todo o mundo souberam que Noé queria levá-los a um passeio.

Sem responder passou à aula de matemática. Quando terminou o recreio, padre Pascoal não retornou; em seu lugar veio outro professor.

Souberam mais tarde que as perguntas do menino herege desequilibram seu espírito, trouxeram dúvidas.

Religião com dúvidas não é religião, tanto para as com deuses quanto para as sem eles.

O jeito foi mandá-lo à clausura, dispensado de dar aulas. Não queriam perder aquele jovem promissor. Achavam que algum dia ele seria papa, o primeiro da ordem. Meses mais tarde ele fugiu.

Passados alguns anos Adamastor o encontrou.

— Professor, onde o senhor anda?

— Passei a ter pouca crença nas verdades da Santa Madre Igreja, abandonei a batina. Como preciso de uma fé, de um líder que diga o que eu devo fazer, como devo pensar, de um livro sagrado, peregrinei de religião em religião. Fui a reuniões de comunistas de todos os ramos, neonazistas, ufólogos, mórmons, espíritas, protestantes, pentecostais e só encontrei a paz entre os budistas. Frequento seu monastério e estou me preparando para ser monge.

— O senhor pode me explicar como Buda, que era asceta, ficou tão gordo? É uma dúvida que tenho.

Padre Pascoal precisava de um guia espiritual que lhe dissesse verdades que seu cérebro aceitasse, mesmo não tendo lógica. Seria Buda gordo ou magro? Antes de abandonar seu conforto espiritual, disse com irritação:

— Vá para o inferno, espero nunca mais vê-lo.

Anos mais tarde soube-se que retornou à fé original, à sua ordem e que vivia em Roma.

Adamastor foi para um colégio cristão mais liberal, lá se acalmou. As aulas de religião, uma por semana e não seis como no outro, ensinavam o mesmo com roupagem mais palatável.

Não havia confissão semanal, quando ele narrava suas piores falhas de caráter e comportamento a um desconhecido abrigado na escuridão do confessionário.

Suas confissões eram perturbadoras ao confessor; dissertações sobre sua estranha natureza e a dificuldade em aceitar os pecados, e evitá-los, tais com definidos pela Igreja.

Numa sexta-feira, após ouvir que seus pais se casaram em pecado, que tinha duas mães, mas só conhecia uma, o padre abandonou repentinamente o confessionário e saiu correndo. Nunca mais foi visto. Uns falavam que ele enlouquecera, outros contavam tê-lo visto consertando sapatos.

Seu caso foi estudado primeiro na diocese e depois em Roma. A decisão da mais alta cúpula foi afastar padres traumatizados por guerras de todos os colégios do mundo. Confessores de adolescentes não deveriam conhecer a língua local, serem surdos ou exorcistas.

O arcebispo, enquanto procurava um padre que atendesse as novas regras, designou um clérigo aposentado, muito velho e descrente da salvação de adolescentes, para substituir o que, aparentemente, enlouquecera.

No novo colégio a relação com Deus se tornou mais simples. Os trechos mais incríveis dos livros sagrados eram saltados ou explicados de modo aceitável.

No anterior o encontro de Moisés com Deus no Monte Sinai foi ensinado de modo assustador. O professor contou o que o Criador ditara a Moisés, no meio do deserto, se contorcendo, virando os olhos, fazendo caretas, arremedando o barulho de raios e trovões; imitando a voz de Deus, como imaginava ela ser.

Apavorava as crianças e provocava dúvidas em Adamastor, que associava a dramática narrativa aos filmes de Béla Lugosi e Boris Karloff.

O Deus, senhor de todos os destinos, parecia louco. Os alunos discutiam isso nos recreios e horrorizavam o confessor às sextas-feiras.

Eu estudava o necessário para passar de ano, não ser repreendido por professores e por minha mãe; mais tarde me explicaram isso ser chamado de pragmatismo.

Tinha pendor para matemática, o que facilitava minha vida e deixava tempo disponível para ler o que meu pai indicava.

Quando ouvia coisas absurdas a meu respeito não polemizava. Minha mãe me julgava cínico, minha avó preconizou uma carreira no mundo do crime. Repetia sua profecia a quem viesse visitá-la: "Archibald wird ein Mörder und Zuhälter." ("Archibaldo será um assassino e cafetão.")

Ninguém ultrapassou o paralelo 38 Norte, e o mundo não acabou.

Meu pai passou a falar da Guerra Fria, da Cortina de Ferro, de bombas que evaporavam humanos, animais, florestas, e de conflitos tribais.

Tudo parecia pequeno ante perspectiva de fim do mundo, que seria assistido por mim e meu pai do alto de uma montanha, à prudente distância da perigosa referência geográfica, o paralelo 38.

Comecei a me isolar, a perda de importância de meus conhecimentos sobre a anatomia feminina e a epopeia por ônibus, trem e navio fez as pessoas se afastarem de mim.

O que divulgava sobre as mulheres agora era de amplo conhecimento. Só causaria impacto se falasse para crianças muito pequenas, mas o decreto do governador proibia me aproximar de jardins de infância.

A injusta fama de tarado demoraria a se dissipar da memória de minhas colegas e professoras.

Na faculdade, deixei a barba crescer, pintei o cabelo de ruivo, passei a usar óculos escuros, mesmo assim quando alguma delas me reconhecia, virava o rosto.

A forte impressão causada pela minha viagem perto da linha do Equador se esvanecia da mente de meus admiradores.

Se antes pediam para repeti-la, agora mandavam me calar. O proprietário do armazém ao lado de minha casa me proibiu de falar: "Você espanta meus fregueses."

O professor catedrático de história do Colégio Estadual, onde concluí o segundo grau, que havia me comparado a Ulisses e Rinalda à Helena de Troia, agora se desculpava: "Perdoe-me pelas besteiras que falei. O menino careca é uma farsa e Rinalda uma mulher de vida fácil."

O meu caso passou a ser divulgado entre os que cuidam de mentes estranhas. Anos depois desses episódios, passei a ser conhecido como aquele "estranho caso" do doutor Reich II.

Psicólogas da Universidade Católica promoveram um seminário internacional denominado "Imaginação fértil na mente de pequenas aberrações." Veio gente do Uruguai e da Ucrânia.

Depois de três dias de intensos debates, discípulos de Freud, Jung, Lacan e Reich I concluíram que eu era uma vítima das circunstâncias, do capitalismo, da religião, do consumismo desenfreado de minha mãe, das leis e do parto por cesariana. Foram tantas as opiniões, que marcaram um novo evento para o próximo ano.

Os adeptos de Reich pai brilharam quando se referiram ao experimento do mestre, em tudo semelhante ao meu, ainda que não tão grave. Iniciado nos mesmos quatro anos e apresentando os mesmos desdobramentos ao longo da vida.

Foi criado um grupo de trabalho para descobrir quem foi sua Rinalda. Iriam primeiro a Dobryanychi, na Ucrânia, e depois à penitenciária na Pensilvânia onde o grande psiquiatra morreu. Procurariam em sua antiga cela alguma evocação que lembrasse de sua Rinalda.

Uma senhora falando com forte sotaque ucraniano, levantou e disse: "Como nosso insubstituível mestre, Archibaldo Gonçalves Beltrão mostra sinais de loucura. A abençoada loucura dos gênios. Devemos aguardar seu suicídio."

Dissertaram sobre as graves consequências da exibição da infame Rinalda. Propuseram acompanhar o objeto de estudo, eu, até o suicídio, considerado inevitável.

Pelo menos uma conclusão foi unânime: "Archibaldo não poderá mais ser execrado por todos. Devemos ajudá-lo. Pediremos a revogação do decreto do governador para que possa visitar escolas infantis, e falar sobre sua magnífica experiência na idade de seus ouvintes. Ele e Rinalda são pioneiros da liberação feminina."

Rinalda foi absolvida e se tornou parte da história da psiquiatria. De infame passou a ser considerada percursora da liberação feminina.

O restante do seminário internacional foi ocupado por calorosa discussão a respeito do que fariam em seu encerramento: uma passeata ou uma greve de fome pela revogação do ato governamental, que me proibiu aproximar de crianças, em especial de meninas.

Demoraram tanto para decidir que o evento terminou sem o ato de protesto.

Fui convidado a participar do chá das cinco da sociedade psicanalítica estadual. O programa incluía uma performance imitando a exibição da Rinalda, com participação de psicólogas de diferentes idades.

Queriam comunicar o apoio à minha causa e me entregar uma carteirinha perpétua, que concedia abatimentos em consultas com psicólogos de todo estado, Uruguai e Ucrânia. O seminário criou laços de natureza diversas com esses dois lugares. À cada dez consultas uma seria gratuita. Não valia para consultas psiquiátricas. Não agradeci o convite e nem compareci.

Só para provocar, mostrei a carta com o convite ao doutor Starosta. Leu, teve um ataque de fúria, me proibiu ter contato com psicólogos e deu várias caixas de calmantes de diferentes marcas. Fui expulso do consultório. Aos berros dizia: "Tome todos de uma vez. Morra!"

Achei melhor me recolher ao mutismo e ao estudo da matemática.

Minha mãe, muitos anos antes do seminário internacional sobre meu caso, sempre atenta a tudo que poderia ter algum efeito sobre sua família, concluiu que eu era portador de alguma doença estranha, talvez desconhecida.

Tentou ampliar seu conhecimento, não conseguiu. A enciclopédia da editora Lello & Irmão de 1938 não mencionava doença além das já conhecidas.

A solução foi marcar nova consulta com o doutor Reich II. Que respondeu dizendo não querer ver aquele incurável. O renomado psiquiatra achava possível curar loucos, mas aquele caso pôs por terra essa certeza. Passou ser ridicularizado até pelos loucos.

Escreveu um artigo para importante revista romena de psicanálise. Não citou meu caso, falou em tese, disse que as mulheres deveriam ser evitadas pelos homens até que eles tivessem vinte e um anos, exemplificava com a história trágica de seu pai e de um cliente incurável, referia-se a ele como: "meu fracasso".

Um dia mencionei isso ao doutor Starosta.

— Claro que você tem cura, curei vários em pior estado, mas não por aquele nazista filho de um louco.

Cheguei a pensar em não voltar ao meu psiquiatra. Comecei a achar que ele é que deveria procurar ajuda médica. No decorrer das consultas um analisava o outro, conclui que nem eu nem ele tínhamos cura.

Na adolescência, quando meu pai me convidava para ver um acidente de bondes eu agradecia, mas não ia. Queria ver as tragédias modernas e pedia para voltar ao local da queda de enorme avião, acidentado nas proximidades da cidade, o preferido de nós dois. "Mais dois minutos teria pousado. Archibaldo, a fatalidade nos persegue, estamos aqui e de repente somos devastados por um terremoto."

A narrativa forte de meu pai produzia pensamentos sinistros. Imaginava Porto Alegre arrasada por terremoto como o de São Francisco em 1906, tragédia atribuída pelos professores do antigo colégio à mão de Deus desabando sobre aquela cidade vocacionada ao pecado, como já se abatera sobre Sodoma, Gomorra e Pompeia pela mesma razão.

Nesses delírios me via, ainda criança, no berço, com os pés para fora, sendo tragado por uma fenda aberta na terra que me engolia e se fechava.

Naquele seminário, quando mencionaram esse sonho, os freudianos entenderam ser claramente meu desejo de retornar ao útero materno. Foi omitido o desconforto provocado por dormir com os pés para fora da cama.

A verdade era que meu prestígio se fora para sempre. Custei aceitar que caminhava a passos rápidos para a invisibilidade ante os outros. O comportamento das mulheres e as novas tecnologias destruíam em definitivo o impacto de minhas histórias.

Tentei recuperar meu espaço falando de Marius, gravemente ferido se arrastando pelas águas imundas dos esgotos de Paris, contando a história do homem que virou uma enorme barata e a de um capitão de navio enlouquecido por uma baleia assassina.

Absolutamente nada do que dizia causava impressão a meus amigos.

Custei a perceber que minha narrativa não era nada ante histórias como a de um rapaz a prova de bala com superpoderes, vestindo uma sunga sobre a ceroula e voando com uma capa colorida, a de um príncipe subaquático, anfíbio, mais peixe que homem, desmantelando quadrilhas terrestres e a de um órfão milionário que se vestia de morcego para combater o crime em Nova York.

Parei de contar o que lia. O que antes chamava atenção agora eram coisa alguma ante as novas narrativas.

Prematuramente, me tornei obsoleto perante minha mãe, meu irmão, minha geração e a humanidade.

Não tinha mais Adamastor para conversar, quando não coube mais no berço foi morar com nossa avó.

Um dia se desentendeu com a tia, a desquitada, tentou matá-la com ferro de passar roupas. Virou manchete nos jornais e sumiu para não ir para o reformatório. Apenas minha mãe e eu sentíamos saudades dele, para o resto da família sua ausência era um alívio.

Três anos se passaram sem nenhuma carta, telegrama ou algum estranho tocando a campainha e trazendo notícias, boas ou más, não importava.

Mamãe não podia continuar chorando por qualquer coisa, emagrecendo, envelhecendo, esquecida pelo menino que a levara àquele casamento absurdo.

Adamastor retornou como se nada tivesse acontecido. Nossa mãe chorou dois dias seguidos. Ele pensou que ela estava aborrecida com seu retorno.

Voltou a morar com a avó. De vez em quando vinha me contar suas aventuras em Paris, onde teria estudado.

Frequentemente mencionava as palavras "física nuclear", eu entendia com indicação que ele sabia construir bombas como a que caiu sobre Hiroshima. Perguntei se poderíamos fabricar uma e soltar sobre a cidade.

Falava muito sobre as paixões que despertara nas atrizes francesas. Eu conhecia todas dos filmes proibidos para menores de dezoito anos, mas liberados pelo porteiro de cinema próximo de casa para qualquer idade.

Adamastor preferia viver no mundo, de vez enquanto saía uma notícia sua nos jornais. Mamãe se habituou aos seus sumiços; sabia que em algum momento ele apareceria.

Comecei a me tornar um incômodo para minha mãe. Sobrecarregada de afazeres e situações a lamentar, tentava controlar um filho às portas de uma adolescência prematura causada, possivelmente, pela Rinalda.

Por coincidência, uma senhora na vizinhança ensinava alemão. Ela e o marido partiram de Berlim quando Hitler explicitou o que aconteceria aos judeus. Foram para a França. Descobriram que o Führer tinha admiradores no país. Mais dia menos dia correriam os mesmos riscos que na Alemanha. Decidiram vir para a América, qualquer uma das três. O primeiro navio a partir de Marselha ia para Santos, no Brasil. Seguiram rumo ao desconhecido.

No mesmo navio, na mesma segunda classe, encontraram judeus ilustres com o mesmo destino.

Aproximaram-se de um jovem húngaro que vinha para Porto Alegre contratado para reger a orquestra sinfônica local, e de um professor universitário em Florença vindo para assumir a cátedra de literatura italiana em universidade na mesma cidade.

O casal alemão não tinha rumo, apenas fugia da morte.

O maestro mostrou fotos da cidade, o italiano falou da cultura local, disse que lá estava a mais importante editora do país. Os alemães decidiram tomar o mesmo rumo dos companheiros de viagem.

Ele foi trabalhar na editora e ela tentava ensinar alemão. Batia de porta em porta em busca de alunos. Sem sucesso, desesperançada, chegou a uma estranha casa estreita. Pensou ser impossível alguém viver naquele lugar, nem na Holanda viu casa tão apertada. Além desse aspecto inusitado parecia descuidada, imaginou que se alguém vivesse ali não teria como pagá-la. Pelo sim pelo não, tocou a campainha.

Apareceu uma mulher com feições decididas, estranhou seu sotaque. Nina pensou ser de Portugal. A dona da casa não a convidou para entrar, entendeu a razão e ofereceu seus serviços, três aulas por semana a preço razoável. A negociação foi rápida. Uma queria o filho longe e a outra precisava aumentar a renda familiar.

— Foi uma feliz coincidência a senhora aparecer. Eu estava à procura de uma ocupação à tarde para meu filho. Archibaldo, venha cá.

Rapidamente escondi em embaixo do colchão a revista pornográfica de Carlos Zéfiro que tinha nas mãos e desci.

— A dona Nina será sua professora de alemão. As aulas começarão amanhã às duas horas.

Grata, a professora deu o endereço. Em casa preparou um caderno, um lápis e um livro alemão para crianças.

— Herbert, arrumei um aluno. Estou tão feliz como você nem pode imaginar.

O casal sem filhos achou bom ter um jovem em casa, eles transmitiriam o que sabiam a uma nova geração.

— Por que ensinar alemão para o menino? — questionou o pai.

— Para ele não me incomodar à tarde e traduzir aquelas frases de sua mãe, que você diz serem de um filósofo qualquer.

No dia seguinte, depois do almoço, comecei a me preparar para ir à casa da professora, perto da minha.

Cheguei na hora combinada, bati e a porta abriu, subi por uma escada inclinada de acordo com o padrão das casas, nem muito nem pouco oblíqua, diferente da de onde eu morava.

Percebi que eram duas casas pequenas, uma em cima da outra. A subida terminou numa sala onde encontrei uma velhinha sentada ao lado de um toca-discos, me cumprimentou em alemão, como minha avó fazia, respondi na mesma língua.

A senhora, mãe da professora, desandou a falar. Custou a perceber que meu vocabulário acabava no cumprimento. Estava ali para ampliá-lo.

A mestra deu as boas-vindas e passou ao escritório com vista para a rua, pequeno, agradável cheio de livros, com uma mesa e uma poltrona de couro.

Sobre a mesa encontrei um livro em alemão e um maço de folhas manuscritas cuidadosamente empilhadas, na primeira delas estava escrito "A montanha mágica."

Imaginei que ela escrevia um livro para crianças com fadas, duendes e bruxas.

Nos dias seguintes chegava um pouco mais cedo para ouvir a música que a velhinha escutava. Com uma voz fraca, olhar brilhante, disse "Mozart", acentuado o "t". Quem seria ele?

Em poucos meses a professora voltou à minha mãe.

— A senhora desculpe, mas o menino é muito burro, nunca vai aprender alemão.

— Archibaldo, venha cá.

— A professora não quer dar mais aulas para você, disse que sua burrice ultrapassa tudo que ela conheceu.

Como sempre, para mim tanto faz como fez, era um problema delas. Estava claro que arrumariam uma solução — uma precisava de dinheiro e a outra me queria longe de casa.

Na semana seguinte passei a estudar francês todos os dias e pelo mesmo preço.

Antes da primeira aula, Nina perguntou:

— Você conhece grego?

— Não.

— Sem saber alemão ou grego você não poderá raciocinar.

A perseguida pelos nazistas pensava como o maior filósofo deles.

Num dia, o marido, Herbert, me mostrou uma cópia, ainda sem capa, do livro que eu imaginava ser para crianças. Li rápido, gostei da interessante história de um tuberculoso, que ia para a montanha coberta de neve em busca de ar puro e rarefeito. Sem dúvida melhor que contos com fadas e duendes, que eu imaginava existir dentro de cavernas na montanha mágica.

Esse período terminou três anos depois que começou. Contribuiu para me retrair mais um pouco. Os colegas não apreciavam meus gostos e se afastaram, assim fiquei, até muitos anos mais tarde conhecer Ethelka e Cecília.

Finalmente, saímos da casa estreita, à qual havia me acostumado. Não sabia se gostaria de uma casa larga. Abandonei meus estudos com a família judia que tanto apreciava. Não a visitava por não saber fazer visitas. Eles me ensinaram tantas coisas, poderiam ter me ensinado como justificar uma visita, quanto tempo ficar na casa alheia, aceitar ou não aceitar o que ofereciam, o que poderia falar.

Minha mãe visitava nossos parentes, eu a acompanhava. Visitantes e visitados falavam mal de todos que não estivessem presentes ao encontro, acompanhado por tortas de maçã e licor de Butiá. Talvez fosse essa a regra a ser cumprida pelos que visitam alguém.

Nem Nina nem Hebert exercitariam a tão humana maledicência, não mais tinham parentes para falar mal. Parentes, colegas, amigos foram eliminados pelo Fhürer da babá de Adamastor. Restaram apenas as lembranças ruins, as boas foram apagadas pelas atrocidades que vivenciaram. Assim sendo, Nina, Herbert e eu não saberíamos o que dizer em uma visita.

Distante deles, conclui o secundário e fui para a universidade estudar matemática. Saí de casa e passei a viver numa pensão que pagava dando aulas.

14
EPÍLOGO

Doutor Moisés Starosta, depois de anos me tendo como paciente, tornou-se estranho. Descrente do que pretendia: curar loucos de todos os tipos. Largou a clínica e passou a fazer conferências sobre caso que ele chamava "A tara prematura em crianças carecas."

Seus escritos mencionam repetidas vezes algo que chama a atenção dos estudiosos: "Nenhuma melhora, o paciente só piora." "Não há possibilidade de cura." "Fracassei. Chega!"

Passou seus últimos meses vivendo como mendigo. Reconhecido, era recolhido a um asilo, de onde fugia e voltava a mendigar pelas ruas.

Quando morreu foi homenageado pelo Instituto de Psiquiatria Doutor Jean-Martin Charcot, deram seu nome ao depósito de tranquilizantes e camisas de força.

Doutor Reich II ganhou fama e dinheiro falando das consultas, poucas, mas ricas em conhecimento, com o paciente AGB. Nunca revelou seu meu nome.

Contava ser AGB uma das três encarnações de seu pai, Wilhelm Reich I. As outras duas viviam em Berlim e Viena.

Em parceria com uma vidente passou a fazer sessões mediúnicas para ouvir o médico alemão.

Com a tonalidade de voz própria dos mortos e sotaque alemão, a assombração dizia: "Archibaldo, continue o meu trabalho." "Archibaldo, não me decepcione." Ou apenas repetia: "Archibaldo, Archibaldo, Archibaldo...".

Reich pai respondia de maneira confusa as perguntas de seu filho, feitas através da médium, assim me contaram. Não se dirigia a seu filho, mas a mim que sequer estava por perto. Até os mortos se enganam. Inexplicável o desinteresse da vidente em não corrigir esses enganos.

O seu livro, "AGB, o limiar da loucura", ficou anos entre os mais vendidos, tanto como ficção como não ficção. Ficou rico e foi morar com a amante, a vidente, em Punta del Este.

Nunca revelou quem, ou o que, eram as três letras a que se referia nas palestras e na notável obra que escreveu.

Desde sua morte, o mundo acadêmico discute, sem avanços, o significado das misteriosas três letras maiúsculas, obcecadamente repetidas nos escritos do grande sábio.

Esse é um dos maiores mistérios da psiquiatria moderna.

Um professor de renomada faculdade centro-africana de medicina divulgou que elas contêm tudo que é necessário saber para curar crianças obcecadas por sexo, sem entrar em detalhes como chegou a essa conclusão. Apenas acrescentou mais controvérsia ao que pretendia elucidar.

Adamastor morreu feliz, encontrou seu passado e descobriu ser a única encarnação do grande matemático italiano do século XVI, Girolamo Cardano, produto de um aborto que não deu certo, nasceu doente e feio, foi desprezado pelo pai e odiado pela mãe. O sucesso o tornou arrogante e agressivo, o mesmo que ocorreu séculos mais tarde com o encarnado.

Cecília foi morar com o filho no meio da floresta amazônica, na fronteira com o Peru, perto de uma plantação que ela acreditava ser de poliéster.

Quando olhava para aquele campo com as sementes brotando da terra negra e se tornando plantas esguias e verdes, que amareleciam para depois dourarem. Não tinha como não lembrar do amigo distante, ignorante de música de vanguarda.

Num dia recebi uma carta. Era de seu filho.

"Doutor Archibaldo, sou o terceiro-sargento músico Karl Joseph von Silva, filho de sua amiga Cecília. Toco tuba na banda do meu batalhão. A escolha desse instrumento foi de minha mãe em homenagem a meu pai. Ela nunca me contou quem era ele, só sei que era músico. Como o senhor, nunca fui promovido, se tocasse um instrumento menos pesado já seria primeiro-sargento. Agora que ela partiu estou praticando flautim.

Mamãe morreu flechada por um indiozinho. Ultimamente andava distraída, esquecia as coisas e se perdia na selva, num dia entrou na área de treinamento de pontaria da tribo e ocorreu essa fatalidade.

Ela havia composto um concerto para quena, tuba e coro de pássaros a ser tocado em seu enterro. A cerimônia, no meio da floresta, foi bonita e comovente. A sepultura foi preparada junto a uma sumaúma escolhida por ela.

Essa fotografia é de um quadro que ela gostava muito, estava com um bilhete recomendando enviar para o senhor.

Respeitosamente, K. J. von Silva, 3ºS."

Era a fotografia de uma pintura mostrando um trigal dourado sobrevoado por corvos. Com ajuda de uma lente deu para ler, no canto inferior direito, o nome do pintor, Vicent.

No verso, havia uma curta mensagem: "Querido Archibaldo, essa é a paisagem que vejo de minha janela, fica do lado peruano, uma linda plantação do vegetal que produz a fibra do tecido daquelas camisas. Não te amei, desculpe a sinceridade, apenas o considerei um amigo, o melhor que tive. Cecília."

Ladislau tanto apanhou que tomou jeito e se tornou o mais renomado sapateiro da região. Adotou um nome italiano e passou a ser referência até em Milão. Casou e obriga seu filho, para ele tomar jeito, escutar três vezes por semana a sinfonia *O dia*. Método cruel, mas de valor educacional equivalente ao das surras. Assim ele espera.

As últimas notícias que recebi é que o moderno processo de tortura não está surtindo efeito. O menino não toma jeito. A qualquer hora o pai será obrigado a aplicar as antigas e boas surras, das quais ele é prova viva de sua eficiência.

Com a viagem de Cecília e a velhice avançado vendi o apartamento onde morava e me mudei para o Versailles. Levei comigo a poltrona verde, os livros, os escritos de meu falecido irmão, o computador e meu rádio. Ofereci a TV para o porteiro do prédio, ele agradeceu e recusou. Estava obsoleta.

Ainda moram no Versailles, além de mim, o casal, o embaixador e o coronel, esses dois, como eu, beirando os noventa anos. Rosa Flor e seu marido passaram dos cem anos, ainda passeiam de mãos dadas, cada em sua cadeira de rodas.

Os hóspedes mais jovens que o casal, inclusive eu, recebemos de presente no último Natal um andador. Pintados com cores distintas para evitar brigas.

Ethelka, nossa protetora, alegre, como sempre, fez a entrega dos presentes aos gritos, falando e rindo, imitando o bom velhinho que vem de longe:

— Olhem o que Papai Noel trouxe. Para o embaixador o azul, para coronel o amarelo...

Temi a volta da gagueira de quando vi pela primeira vez a estranha figura. Nada aconteceu. Faltaram forças.

Os deslocamentos sobre a longa passadeira linóleo, resistente ao tempo, são feitos com lentidão. Raramente algum consegue atingir o alpendre sem alguma ajuda. Formamos uma tropa em frangalhos, retornando de batalha perdida.

No dia de São Expedito há um prêmio ao primeiro que chegar ao refeitório sem cair ao longo do percurso. Agora comemos na cozinha para não prejudicar a nobreza do restaurante do hotel.

Rosa Flor come no quarto e só sai pela madrugada, para ir ao banheiro. Esgueira-se pelo corredor, armada de um porrete, falando baixinho: "Archibaldo, Archibaldo..."

Não consigo entender essa obsessão com meu nome.

O embaixador, assustado com os piolhos, não frequenta mais casas de tolerância. Mantém um discreto relacionamento com Maria, que beira os cinquenta anos. Ela tem medo de engravidar, razão para haver um pacote de preservativos no depósito.

O coronel Rocha, quando não está engraxando o borzeguim ou polindo as medalhas, se diverte caçando ratos no porão para torturá-los. Justifica-se dizendo que é para não perder a mão.

Por causa de minhas condições físicas deixei de visitar Pedro C.. Ele entendeu. Perdeu o gosto de perambular pelo hotel, está quase sempre em sua sepultura, raras vezes vem me ver.

Minha derradeira visita a ele se deu há um ano. O táxi me deixou na porta do cemitério. Enfrentei, com ajuda de uma moça, a escadaria da entrada. Não levei o andador, para não causar má impressão a meu amigo.

Sentei-me temerariamente sobre a fria lápide de granito negro de sua moradia. Uma vez acomodado, não saberia se conseguiria me levantar e teria que passar a noite ouvindo suas histórias.

Despreocupado se era ouvido ou não, falei de minhas dificuldades. Depois de um longo silêncio, ele acordou:

"Fui poupado de viver muito tempo, como você. Precisando daquele ridículo andador vermelho para ir à cozinha tomar sua sopa, usando fraldas como as crianças, esquecendo tudo que aprendeu e, o pior, ouvindo que você está na melhor idade. Deveria ter pagado para alguém matá-lo, como eu fiz."

Fez-se silêncio. Ouvi de uma sepultura próxima alguém, morto ou vivo, não sei, protestar: "Parem com essa conversa idiota!"

Consegui, com dificuldade, ao anoitecer, sair dali e retornar ao hotel.

As raríssimas aparições de Pedro C. no Versailles se dão em noites de temporais com raios e trovões. Cenário apropriado para ele, teatralmente, invadir meu quarto.

"Pedro, desse modo você assusta os outros hóspedes."

Cínico, gargalhando, respondia: "Esse é o trabalho dos fantasmas. Aprenda. Em breve você virá assustar a Rosa Flor."

Apesar de seu comportamento espalhafatoso, gostava de vê-lo. As únicas amizades sinceras que temos são as da infância.

O Hotel Versailles se tornou referência nacional e internacional em hospedagem e gastronomia. Tanta gente apareceu querendo conhecer, fazer reserva para o jantar, entrar na lista de espera para hospedagem, que Ethelka promoveu algumas melhorias.

Substituiu as lâmpadas queimadas no lustre, limpou os vitrais, trocou o mármore branco, encardido e gasto dos degraus da entrada por pequenos azulejos multicoloridos, as paredes da sala de estar e do restaurante foram cobertas com papel de parede dourado com pequenas *fleur de liz* brancas.

Construiu uma cave no porão, agora limpo e aconchegante. Mesmo necessitando caminhar curvado, pelo reduzido pé-direito, comensais mais exigentes, acompanhados do *sommelier*, descem para sentir o prazer de ter em suas mãos os afamados vinhos ali depositados.

Foi projetada uma piscina a ser construída nos fundos, agora chamado *Petit Parc Monceau*; plantou uma jabuticabeira.

Trocou os móveis antigos por modernos e o letreiro por um novo de acrílico, com luzinhas apagando e acendendo como se fossem pétalas de rosas caindo sobre o nome do estabelecimento.

A chaminé da lareira foi limpa, saíram muitos ninhos de pássaros e morcegos. Nos meses mais frios, ao seu pé, no que passou a se chamar Espaço Lítero-Poético, são promovidos saraus literários com escritoras e poetizas. Célia R. tem horror à palavra "poeta": "Tão masculina."

Ethelka aguarda de uma hora para outra a chegada de *experts* de famosa casa londrina de leilões. Estão interessados na pintura que deu nome ao hotel. Segundo a colunista social é o famoso quadro desparecido do impressionista francês Oscar-Claude de Giverny.

Célia R., foram suas a ideia do sarau, da piscina e o nome do parque, vez por outra colocava notas em sua coluna social: "Almocei no Versailles, comi *escargot* com aspargos e *petit-pois*. A lista de espera para provar as delícias desse acolhedor bistrô *art nouveau* está com mais de cem nomes, alguns até da Europa. Em breve receberá uma estrela das mãos do próprio monsieur Michelin. *À três bientôt, mes chéries.*"

Com a memória falhando conclui esse texto, onde sou personagem acessório. Deixo à posteridade quem foi Adamastor Gonçalves Beltrão e suas contribuições para a humanidade.

Pedi a Ethelka fotografar a sala no Instituto de Matemática onde demonstrei o famoso teorema.

— Ethelka, é uma sala pequena ao lado do banheiro do terceiro andar. Não tem como se enganar. Foque o quadro-negro.

Ela encadernou minhas páginas manuscritas, registrando meu feito, a demonstração daquele teorema, esqueci de quem.

Juntou às fotografias recentes uma em que eu apareço no colo de minha mãe, e produziu um livro. Na capa colou a foto do histórico lugar: "Aqui foi demonstrado pela primeira vez para a humanidade o teorema de Fermat."

— Pena você ter focado mais o banheiro que a sala. A privada ficou mais destacada que o quadro-negro. Não tem importância. Agora leve para a biblioteca do Instituto de Matemática, diga para colocarem junto às biografias. Elas estão em ordem alfabética, veja se estou antes de Archimedes.

Com o original e cópias heliográficas da história de meu irmão, Ethelka fez dez exemplares do livro que escrevi sobre ele. Um dos quais doou à Biblioteca Pública Estadual, ficou com os outros nove para dar a comensais ilustres. Na primeira página colocou uma fotografia do Versailles e uma nota explicativa:

"Esta obra foi editada sob o patrocínio do Versailles, primeiro hotel butique do Brasil. Ethelka von Hellmann."

Célia R. não poderia faltar. Agora comia quase todos os dias no Versailles.

"Conclui a leitura da graciosa biografia de nosso mais afamado cientista, Adamastor Gonçalves Beltrão, escrita por seu irmão, Archibaldo Gonçalves Beltrão. Fascinante, sua leitura alterna lágrimas com risos. Vai virar filme de suspense, série humorística na Webflix, novela piedosa em canal religioso, história noir em quadrinhos e desenho animado. *À três bientôt, mes chéries.*"

Eu sentia a morte se aproximando. Vinha devagar, a passos silenciosos. Parecia não querer me assustar. Em vida os que chegam sem aviso pode nos pegar de surpresa e nos assombrar. A morte não. Não há como ser tomado de surpresa em encontrar quem aguardamos durante toda a vida.

Na noite passada sonhei com um grupo de senhoras idosas se ajeitando para tirar uma fotografia, pareciam ter sido colegas de colégio em tempo muito distante. O local podia ser claramente identificado, era na cidade onde nasci, deu para reconhecer a praça central com o seu busto de bronze. Todas estavam bem-vestidas, alegres, se empurravam e lembravam os apelidos das professoras. Enquanto o fotógrafo dava as últimas instruções, uma delas gritou:

— Rinalda, venha, só falta você.

Correndo com graça se juntou às outras. Ficou no centro da primeira fila. Estava nua, com os longos cabelos loiros balançando, com o mesmo sorriso de antigamente e a mesma juventude.

Seria prenúncio que estava chegado a hora de nos encontrarmos?

Terminei o que me propus fazer. Nada mais tenho a produzir. Estou muito cansado. Vou dormir. Preciso descansar, morrerei amanhã.